よろず占い処　陰陽屋アルバイト募集

天野頌子

ポプラ文庫ピュアフル

もくじ

よろず占い処　陰陽屋アルバイト募集

第一話

倉橋家の双子たち

一

東京都北区《きた》王子《おうじ》にある飛鳥《あすか》高校の屋上を、初秋の風が吹きぬけていく。

高く澄んだ青空の下でとる昼食は一段とおいしい。友人たちと一緒だとなおさらだ。まだ気温が三十度近くあって、快適とはいえないが、八月にくらべればだいぶ陽射《ひざ》しも柔らかくなってきた。

「あ、金木犀《きんもくせい》の匂いがする。どこかでもう咲きはじめたのかな」

沢崎《さわざき》瞬太《しゅんた》は風にむかって鼻をピクピクさせた。明るい茶色の髪がさらさらとゆれる。夏の制服は、白い半袖シャツに紺に緑のストライプが入ったネクタイ、グレーのパンツだ。

「さすがキツネの嗅覚《きゅうかく》はすごいね。僕には排気ガスと土ぼこりの臭《にお》いしかわからないよ」

「おれ、鼻と耳だけはいいから」

同級生の高坂史尋《こうさかふみひろ》に感心されて、瞬太はちょっと照れながら自慢した。

日陰に腰をおろして、父の吾郎《ごろう》がつくった弁当をひらく。今日はイギリスパンのミックスサンドイッチにチキンのチーズカツだ。高坂はチーズとブルーベリージャムのベーグルサンド。同じく同級生の岡島航平《おかじまこうへい》と江本直希《えもとなおき》は休み時間に弁当を平らげてしまい、さっき購買で調達してきたおにぎりの透明フィルムをはがしている。

「そういえば、江本と岡島にはまだ言ってなかったけど、おれ、文化祭で、三井《みつい》に自分のことを話したんだ」

瞬太はサンドイッチを頰張《ほおば》りながら報告した。三井というのは、同じクラスの三井春菜《はるな》のことである。

「三井に告白したのか⁉」

江本がそばかすのういた顔を上気させ、興奮した様子で問い返してきた。

「うん」

「そうか、ついに好きだって言ったか！」

おにぎりを右手に握ったまま、瞬太を抱きしめて背中をバンバンたたく。

「えっ⁉　な、何言ってるんだよ！　そっちじゃなくて……」

瞬太は驚いて否定した。頰がかあっと熱くなり、紅《あか》く染まっているのが自分でもわかる。

「違うのか？」

「キツネ体質の方だよ」

高坂の補足に、江本は、なーんだ、と、気の抜けたような顔をした。

「化けギツネだってこと、まだ言ってなかったんだっけ？」

「うん」

沢崎瞬太は、一見、どこにでもいる普通の高校生なのだが、実は化けギツネである。耳と鼻が発達しているのはそのせいで、ついでに夜目もきく。その気になればふさふさの長い尻尾《しっぽ》をだしてマフラーがわりにしたり、耳を三角にしたり、目を金色に光らせることもできるのだ。赤ん坊の時に王子稲荷《いなり》神社の境内《けいだい》で拾われ、人間の夫婦に育てられたため、普段は正体を隠して高校に通っている。

「それで三井の反応は？　真っ青になって驚いたり、悲鳴をあげたり、怖がったりしなかったたか？」

「全然。不思議そうな顔はしてたけど、怖がってる様子はなかった。それどころか、話してくれてありがとうって言われた」

「そっか。三井もいい加減気づいてたんだろうな」

江本は、ふむふむ、と、うなずく。

「沢崎が化けギツネだってことは、もはや公然の秘密、じゃなくて、常識だからさ。三井だって、ああやっぱり、くらいの感じだったんじゃないのか？」

岡島は肉づきのいい肩を軽くすくめた。プルコギおにぎりをさっさと平らげて、つまようじで歯の掃除をしている。心身ともにおっさんくさいのが岡島の特徴だ。

「おれがキツネだってこと常識なのか!?」

瞬太は慌《あわ》てふためいて、サンドイッチを喉《のど》につまらせそうになってしまった。大丈夫か、と、高坂が背中をさすってくれる。

「そ、そんなはずは、ゲホ、うぐ」

自分の正体はかなり巧妙に隠し通してきたつもりだったのに、何てことだ、と、瞬太は愕然とする。

「え、おまえはみんなに気づかれていないって思ってたわけ？」

岡島はやや呆《あき》れ気味だ。

「そうか、パソコン部のせいか……」

ケホケホいいながら瞬太は思い当たった。しばらく前に、パソコン部がつくった校内むけホームページで、瞬太の正体を暴露する記事が掲載されたのだ。ほとんどの生徒は化けギツネなんかいるわけない、と、ネタ扱いで無視してくれたのだが、そういえば三井もあの記事を読んだと言っていた。

「うーん、パソコン部のせいもあるけど、同じ中学だった僕たちの間ではわりと有名な噂だったからね」

高坂が、眼鏡《めがね》の似合う理知的な顔に、ちょっと気の毒そうな色をうかべながら言った。

「それで三井も……。おれは決死の覚悟で告白したのに、ずっと前から知ってた、の、かな……?」

「まあ確信はしてなくても、疑ってはいただろうね」

「うう……」

瞬太は放心状態で、うつろな視線をさまよわせる。

今日も太陽がまぶしいなぁ、ははは、などと、わけのわからないことをつぶやいて逃避していたら、チキンチーズカツが弁当箱から消えていた。

「三井が気づいていたかどうかはともかく、とりあえず第一段階をクリアしたってことが重要なんじゃないか。次はいよいよ、好きです、付き合ってください、の方の告白だな。がんばれよ！」

江本はパンパンと瞬太の肩をたたいた。

これまでも瞬太は何度か三井と二人きりになったことはあったのだが、ドキドキすると耳や目がむずむずしてキツネに変化しそうになってしまい、恋の告白どころではなかったのである。

「え、でも、化けギツネだって告白したばっかりだし……」

「今のおまえの勢いなら大丈夫だよ」

江本はニカッと笑って右手の親指をたてた。

「そうかな？」

「そうそう」

「もたもたしてたら、三井を他の男にとられちゃうぜ」

満足そうなゲップをしながら岡島が言う。

「うっ」

「さっさとあたって砕けてこい！」

江本にガシッと両手で肩をつかまれ、瞬太は思わずうなずいてしまった。

「わかった！」

「砕けるのはどうなのかなぁ」

高坂が首をかしげるのを横目に見つつも、江本にのせられ、すっかり舞い上がってしまった九月の昼さがりであった。

二

窓際の席で気持ちよく熟睡しているうちに午後の授業は終わり、瞬太はいつものようにアルバイト先の陰陽屋《おんみようや》にむかった。場所は京浜東北《けいひんとうほく》線王子駅から北西にむかってのびる森下通《もりしたどお》り商店街の、古い雑居ビルの地下一階である。飛鳥高校からは徒歩で十分から十五分といったところだ。

黒いドアをあけ、狭い店内に足をふみいれる。

もともと地下で窓がない上、提灯《ちようちん》と蠟燭《ろうそく》しかあかりがないため、まだ四時すぎなのに、まるで夜のように薄暗い。

一応、陰陽師《おんみようじ》による占いや祈禱《きとう》、お祓《はら》いや霊障《れいしよう》相談を商《あきな》う店なので、小さな祭壇がしつらえられており、柱には霊符がいろいろはられている。棚には瞬太にはとても読めない旧字体の古書や、販売用の護符が並ぶ。

奥には小さなテーブル席があり、今日は手相占いの真っ最中だった。

占いをおこなっているのは、長い黒髪に白い狩衣《かりぎぬ》、藍青色《らんせいしよく》の指貫《さしぬき》をはいた店主の安《あ》倍《べ》祥明《しようめい》である。銀縁の眼鏡をはずせば、映画やドラマにでてくる陰陽師そのものだ。

「そうですね、この先の金運ですが……」

両手で女性客の手をそっと握り、真剣な表情で手相を読んでいる。ちょうど占いが佳境にはいったところのようだ。

瞬太が入ってきたのに気づいて、祥明は顔をわずかに休憩室にむけて動かした。さっさと着替えてこいということだろう。

瞬太も黙ってうなずくと、足音をしのばせて店内を横切り、休憩室に入る。

高校の制服を脱ぐと、ロッカーから仕事着をとりだした。牛若丸《うしわかまる》のような童水干《わらべすいかん》である。

服だけでなく、自分の身体《からだ》もキツネに変化させる。内側がピンクで外側がキツネ色の三角の耳に、縦長の瞳孔をもつ金色の瞳、長くふさふさした尻尾。

陰陽師にはキツネの式神《しきがみ》がつきものだから、アルバイト中は必ず化けギツネの格好をしているように、と、祥明に命じられているのだ。

変身が完了すると、瞬太はお茶をいれて、テーブル席まではこんでいった。占ってもらっているのは常連客で、陰陽屋の近くにある上海亭《シャンハイてい》という中華料理店のおかみさんだ。

「いらっしゃい、江美子《えみこ》さん」

「あら瞬太君、今日もえらいわね」

江美子は手をのばして、瞬太の頭ではなく耳をなでる。

「いつもながら本当によくできたつけ耳ね。ふかふかしてて、本物みたいよ」

「ははは」

お客さんはみんな、瞬太の三角の耳を見ても、秋葉原《あきはばら》でよく見かけるつけ耳だと思うらしく、化けギツネだと疑われたことはまったくない。

しかしさすがに長々となでられると正体がばれる危険があるので、三秒ほどでさっと逃げることにしている。

金色の目もコンタクトだと言えば、すぐに納得してくれる。尻尾にいたっては、マフラーの改造品だとみんな思うのか、質問されること自体が滅多にない。

ただ、キツネ耳ではなく猫耳だと思われることがほとんどなのが、瞬太としては不本意である。

「あら、もう四時をまわったのね。そろそろ店に戻らないと」

江美子が名残惜《なごりお》しそうに上海亭に帰っていったのと入れ違いに、団体さんがあらわれた。

瞬太がキツネ体質を告白したばかりの三井春菜と、その幼なじみの倉橋怜《くらはしれい》、そして初めて見る男性客二人である。

「いらっしゃい」

瞬太は早速、黄色い提灯をつかんで店の入り口までかけつけた。お茶くみ、掃除、そしてお客さんのお出迎えがアルバイト式神としての三大任務なのである。

「こんにちは」

三井はかわいい小顔に、にこりと笑みをうかべて言った。半袖ブラウスにチェックのプリーツスカート、胸元リボンにハイソックスという飛鳥高校の制服のままである。

「沢崎君の耳……」

三井はまじまじと瞬太の耳を見ている。

「え、どこか変かな?」

瞬太は急いで自分の耳をさわってみる。

「ううん、変じゃないよ。今日もふかふかのキツネ耳がかわいいね」

ふふっ、と、三井は笑った。

瞬太の正体を知った上で化けギツネ姿を見るのは初めてなので、つい耳や尻尾に目がいってしまうようだ。

しかし高一にもなった男がかわいいと言われるのは、はたして喜ぶべきことなのだろうか。ちょっと複雑な心境である。

「店長さん、いるかな?」

倉橋は一度自宅によったのか、私服に着替えていた。ただのTシャツとジーンズなのだが、きりりとした長身の美少女なので、妙に格好良い。校内で一大勢力を誇る倉橋怜ファンクラブの女子たちが見たら、さぞかしうっとりすることだろう。

「えーと、二人は倉橋のお兄さんたち？　従兄《いとこ》？」

男性二人は、倉橋怜に顔立ちがよく似ていた。しかも、二人はそっくりなのである。間違いなく双子だろう。顔や体型はもちろん、前髪長めのヘアスタイルに、生成《きな》りのシャツ、細くて長い脚にぴたりとくっついたスキニーパンツ、腕時計や靴までおそろいである。眼鏡のフレームだけが色違いだ。

「あたしの兄さんたち」

「はじめまして、倉橋晶矢《あきや》です」

「耀刃《てるは》です」

妹に紹介されて、二人は軽く頭をさげた。紫フレームの眼鏡が晶矢で、緑のフレームが耀刃らしい。

「声も一緒だ……」

瞬太は口を半開きにしたまま、二人を交互に見比べた。右目の下にあるほくろまで同じである。ここまでそっくりな双子というのも珍しいのではないだろうか。

「双子だからね」

二人は、ふふふ、と、いたずらっぽい笑みをうかべた。瞬太の反応を面白がっているようだ。

「倉橋って三人兄妹《きょうだい》だったのか」

「ううん、一番上にもう一人兄さんがいるから、四人兄妹」

「へぇ、四人兄妹なんだ。珍しいね」

「母が、どうしても女の子が一人ほしいって頑張って産んだんだけど、待望の娘が一番乱暴者だったたっていうオチでね」

「うるさい」

晶矢がからかいまじりに言うと、速攻で妹の肘鉄《ひじてつ》が脇腹《わきばら》にとんだ。たしかに乱暴者かもしれない。

「で、君が妹たちと同じクラスの沢崎君？」

「うん、そうだけど」

「猫耳似合ってるね」

二人が同時に手をのばしてきたので、瞬太は慌てて後ろに半歩さがる。

「おさわり禁止なの？」

「つけ耳とれたら困るから……」

「つれないんだね」

双子は顔をよせあって、クスクス笑う。

「しょ、祥明。お客さんだよ」

「いらっしゃいませ、お嬢さんたち。陰陽屋へようこそ」

江美子が帰った後、休憩室で一服していた祥明が几帳《きちょう》のかげからでてきた。

「こんにちは、店長さん」

「今日は兄さんたちが占ってほしいって言うんで連れてきました」

三井と倉橋が祥明に声をかけると、双子たちは値踏みするような視線でさっと祥明をひとなでした。

「すごいな。本当に陰陽師だ」

「しかも噂通りのめっちゃいい男。僕たちと違って頭良さそうだし」

「僕たちより大きいってことは、一八〇こえてる？　うらやましいな」

「女子高生たちに大人気なのも当然か。いいなぁ」

そう言う双子たちも、倉橋怜によく似たきりりとした面《おも》ざしの美青年たちなので、どことなく余裕をうかがわせる口調である。

「おそれいります。それでは占わせていただきますので、みなさん、奥のテーブルへどうぞ」

祥明は双子の賛辞をさらりと流すと、四人をテーブル席に案内した。小さなテーブルなので、さすがに窮屈《きゅうくつ》そうである。

瞬太がお茶をはこんでいくと、早速、双子たちが相談をはじめていた。

「僕たち、すごく困ってるんです」

「ぜひ店長さんに占ってもらいたくて」

二人は、ふう、と、小さなため息をもらす。

「どんなお悩みでしょうか？」

「僕たち、今、十九歳なんですけど、子供の頃から、いつもいつも同じ女の子を好きになるんです」

紫フレームの晶矢が、沈痛《ちんつう》な面持《おもも》ちで訴えた。

「で、好きになった女の子に、僕たちのうちどっちか一人を選んでくれって言うことになるわけですが、選べない、ごめんなさいって断られて、いつもはかなく終わるんです……。おかげで僕たち、彼女いない歴十九年なんですよ。な？」

耀刃も悲しそうに目をふせてうなずく。

「このままだと僕たち、一生彼女ができないし、結婚もできません。すごく深刻な事態なんです」

三

倉橋兄たちの真剣な訴えに、瞬太はびっくりした。こんなに背が高くて、格好良いのに、一度も彼女ができたことがないなんて本当だろうか。

「だから、今回はうまくいく可能性が高い方だけが告白して、もう一人は身を引くことにしました。でないとまた共倒れだし」

「なるほど」

「というわけで、どっちが彼女とうまくいく可能性が高いか、占ってもらえませんか？」

「ぜひお願いします」

二人の依頼に、祥明は軽く眉をひそめた。

「占いで、って、君たち、同じ日に同じ場所で生まれた双子ですよね？」

「ええ。ついでに手相も血液型も一緒です」

二人は同時に、祥明の前に右てのひらを差しだした。見事に同じ手相である。

「それぞれが生まれた時間はおわかりですか？」

「わかりません。もともとは、先に生まれた方が晶矢だったらしいんですが、赤ん坊のお風呂入れ担当だった父が適当に洗っているうちに、どっちが晶矢でどっちが耀刃かわからなくなったそうです」

ひどい話でしょう、と、双子たちは深刻な表情で訴える。

「…………。じゃんけんでもすれば？」

祥明はあきれかえった顔で肩をすくめた。これは商売にならないと判断したのだろう。態度も言葉遣いも明らかにぞんざいになっている。

「それが、僕たちいつも同じ手を出しちゃって、永遠に勝負がつかないんですよ」

「もしかして店長さん、僕らのこと占えないんですか？」

困惑する祥明にむかい、双子たちは挑戦的な笑みをうかべた。

「そんなはずないですよね、店長さんはプロの占い師なんだから」

「晶矢、失礼だろ。双子は占えないなんて、それじゃ店長さんは携帯電話の占いアプり並みってことになっちゃうよ」

「もちろん僕は店長さんなら何とかしてくれるって信じてるよ、耀刃」

双子たちは顔をよせあい、小声で、だが聞こえよがしに言いながらクスクス笑っている。

もしかしてこの二人は、わざと祥明を困らせに来たのだろうか。

「どうしてもと言われるのでしたらカードで占えないこともありませんが、今日のところはカードの用意もありませんし、原宿《はらじゅく》あたりの占い館にでも行っていただけますか？」

祥明はにっこりとわざとらしい笑みをうかべると、慇懃《いんぎん》無礼《ぶれい》な口調で告げて、さっと立ち上がった。

「キツネ君、お客さんお帰りだから」

「え、あ、うん」

祥明に言われ、瞬太は出入り口の黒いドアをあける。

「えー、残念」

「人気沸騰《ふっとう》の陰陽屋さんなら僕たちの悩みを解決してくれると思ったのになぁ」

双子はテーブルにひじをつき、口をとがらせてだだをこねている。

すっくと立ち上がったのは倉橋怜だった。

「はいはい兄さんたち、迷惑だからさっさと帰るわよ。店長さん、馬鹿兄たちのたわごとは忘れてください。すみませんでした」

倉橋は祥明に頭をさげると、抵抗する兄たちをひきずりながらドアへむかった。

「あ、あの、あたしもこれで」

戸惑い顔の三井も、ぺこりと頭をさげ、小走りで倉橋兄妹の後を追う。三井が動くと、ふわりといい匂いがして、瞬太の鼻と胸はキュンとときめく。

瞬太は四人を見送るために、階段をのぼってビルの前まででた。

「ちょっと、怜、痛いよ」

「そんなにひっぱらなくても、店に戻ったりしないって」

晶矢の抗議に、耀刃も続く。

「本当に？」

「本当、本当」

「まったく、兄さんたちがすごく悩んでいることがあって陰陽屋さんで占ってほしいって言うから連れて来たのに、ものすごくくだらない悩みで、あいた口がふさがらなかったわよ！　ああ、恥ずかしい！」

「こっちは真剣に悩んでるのに、ひどいな」

「剣道ばっかりやってるから、すっかりガサツに育っちゃって」

双子は同時に肩をすくめた。声もそっくりなので、口をちゃんと見ていないと、どっちが話しているのかわからないくらいだ。

「本当に悩んでるの？　わざと意地の悪い難題をふっかけているようにしか見えなかったけど？」

「ひどいな。怜の気のせいだよ」

「僕たちが一生結婚できなかったらどうしてくれるんだ」

「でも店長さんを困らせてやろうっていう気持ちもあるんでしょ？」

「そりゃ店長さんが予想以上にいい男だったから、ちょっとだだをこねてみたくはなったけどさ」

「まじで噂通りだったからびっくりしたよ」

「そんな噂あるの？」

瞬太の問いに、晶矢はうなずいた。

「あるある。町内のおばちゃんたちの間では、まれに見る涼やかな知的美青年って評判だよ。怜と春菜ちゃんもよく話題にしてるし」

「そ、そうかな？」

三井は恥ずかしそうに、ピンクの頬に右手をそえた。

「そういえば、僕たち二人の初恋の相手は春菜ちゃんだったんだけど、あの時もふられたんだよね」

「えっ!?」

晶矢の爆弾発言に、三井は目をまんまるに見開いた。まったく記憶にないらしい。

「忘れもしない、僕たちが小学四年生の時だった。大人になったら結婚してくれって頼んだけど、顔の見分けがつかないから無理だってあっさり断られたんだ」

「しかも、結婚するなら怜ちゃんがいいってとどめを刺されて、すごくショックだったよ」

二人は左右から三井をはさんで、おおげさにため息をつく。

「ごめんなさい、全然覚えてなくて……」

「当然の判断だと思うけど？」

倉橋は腰に手をあてて、ふふん、と、肩をそびやかした。

「チッ、この魔性の女め」

「男からはラブレターの一通ももらったことないくせに」

「うるさい」

またも妹が肘鉄をくりだそうとしているのを察して、双子はさっと身をかわす。

「ところで今、春菜ちゃんは好きな人いるの？　また怜だなんて言わないでよ」

晶矢の問いに、瞬太はドキッとした。さらりと何て質問をするんだ。心臓が三倍に巨大化したような鼓動が身体中にひびきわたる。

三井に好きな人が……いるのか⁉

どうなんだ⁉

息をつめて、返事を待つ。

「え、好きっていうか……」

三井の顔が、みるみる赤く染まっていく。

「いるんだ」

ほほう、と、ひやかすように耀刃が言う。

「そ、そ、そ、そんなこと」

三井は両手を顔の前でパタパタとふった。

「その焦《あせ》り方がますますあやしいね」

「そりゃ好きな男の一人や二人くらいいるだろ。春菜ちゃんだってもう高校生なんだから。ね？」

長身の双子は、身体をかがめて、両側から三井の顔をのぞきこむ。

「ちょっと憧れてる人がいるだけで、好きとかそういうんじゃなくて、えっと」

三井は地面にむかって、どぎまぎしながら答えた。

「ふーん？」

ニヤニヤする双子たちと、真っ赤になって言い訳する三井。そして、今にも倒れそうな、真っ青な顔の瞬太。

三井に憧れの人がいたなんて……！

誰だ、誰なんだ……!!

四

魂が半分抜けたような状態でなんとかアルバイトをこなし、瞬太は夜八時すぎに帰宅した。

沢崎邸は小さな二階建ての一軒家で、狭い庭は秋田犬ジロの家と、父の車と、母が植えた草木でいっぱいである。金木犀のつぼみはまだ小さくかたい。

「ただいま」

玄関で靴を脱ぎながら声をかけると、二階から「おかえり」という返事が聞こえてきた。

二階のベランダをのぞくと、父の吾郎が何やらごそごそ作業をしていた。小型冷蔵庫か金庫を思わせる銀色の箱の扉をあけ、ふきんで内側をきれいに拭いている。中は空っぽなのだが、すごくおいしそうな匂いがしみついていて、瞬太の鼻と胃袋がピクッと反応した。あんなに衝撃的な事件があったのに、きっちりお腹はすくんだな、と、自分でもちょっとあきれてしまう。

「何これ？　小さい冷蔵庫？　オーブンじゃないよね？」

「家庭用の燻製器《くんせいき》なんだって。これで自家製のベーコンやソーセージが作れるらしいぞ。今度タイに転勤することになった友達が、さすがに持って行けないからってくれたんだ」

「へー、自家製ベーコンか」

吾郎はここのところ、食欲の秋ならぬ料理の秋なのである。今日のお昼のサンドイッチに使われていたイギリスパンも、近所のパン屋でひらかれたパン教室で焼いてきたものだ。

「もうすっかり我が家の主夫《しゅふ》は父さんだね」

「料理のレパートリーの広さや手際の良さはまだまだ母さんにかなわないよ」

そう言いながらも、かなり自信ありげな顔である。

長年勤めていた事務用品メーカーが倒産してはや一年。最初は何もかも妻のみどりに助けてもらいながらだったが、最近ではすっかり一人で家事全般をこなせるようになり、燻製作りに手をだす余裕までできたらしい。

吾郎にかわって家計をささえることになったのは、みどりである。最初、吾郎が不慣れなうちは、パート勤務での看護師復帰だったのだが、今では家事全般を吾郎にまかせ、フルタイムでばりばり働いている。夜勤も珍しくない。

「さ、そろそろ母さんも起きてくる時間だし、今日のところはここまでにして、晩ご飯にしようか」

「この匂いは鮭ときのこの炊き込みご飯だね。ちょっぴりお酒入れてる？　すごくおいしそう。あとは豚肉とモヤシとピーマンの炒め物に豆腐とわかめの味噌汁かな？」

「正解。さっさと着替えておいで」

吾郎はふきんをたたむと、一階におりていった。

このままずっと主夫道を邁進《まいしん》しそうだった吾郎に異変がおこったのは、それから一時間後のことであった。

「母さん、ちょっといいかな」

「どうしたの？」

みどりがダイニングテーブルで食後のコーヒーを飲みながら夕刊に目を通していると、吾郎がむかいの席に腰をおろした。

「まえ勤めていた会社の北島《きたじま》さんから電話がかかってきて、仕事を手伝ってほしいって頼まれたんだけど、どうしたものかな……」

「北島さんって今、何やってるの？」

「彼はもともと税理士の資格をもってたから、会社がつぶれた後、自宅マンションの一室で会計事務所をはじめたんだって。で、ずっと一人でやってたんだけど、最近ようやく顧客も増えてきたから、事務と経理ができる人がほしいっていうんだけど」

「えーと、つまり、再就職ってこと？」

「うん。この歳で、たいした資格も持ってない自分が再就職できるとは思ってなかったから、すごくありがたい話なんだけど……」

そう言いながらも吾郎はあまり気乗りしない様子である。

「そういう時って、普通、まずは奥さんに手伝ってもらうものじゃないの？　北島さんの奥さんって専業主婦だったわよね？」

「あー、それが、子供が二人もいるし、事務所を手伝うのは無理らしい。そもそも北島さんの奥さんはお勤めの経験がないから、一から教えるとなると大変だしね」

「働いたことがないって、今時珍しい箱入りのお嬢さまなの？」

みどりは驚いてきき返した。

「たしか奥さんは、大学在学中におめでたになっちゃって、卒業と同時に結婚したんじゃなかったかな。だからパソコン作業はもちろん、コピーもお茶くみも仕事としてはやったことないと思うよ。電話とりひとつにしても、慣れてる人とそうでない人ってはっきり差が出るからね」

「なるほど。それは教える方も教えられる方も大変だし、慣れた人に来てもらった方がいいって話になるのも当然かもね」

「で、慣れてる人で、いまだに再就職もしていない僕に白羽の矢が立ったってわけなんだけど……」

吾郎は、うーん、と、考えこみながら頭をかいた。

「やりたくないなら無理しないでもいいんじゃない？」

みどりは賛成でも反対でもないようだ。

「仕事したくないわけじゃないんだけどね。ちょうど失業保険の給付もきれたところだったし、むしろ渡りに船っていうか……」

やはり吾郎の言葉は、どことなく歯切れが悪い。

「もしかしてその北島さんって、嫌な奴なの？」

瞬太らしい素朴な問いに、吾郎は苦笑した。

「嫌な奴だったら、すぐに断ってるさ。まあ、試しに、一週間ばかり行ってみるよ」

「そうね、試しに行ってみて、あわない仕事だったらやめればいいと思うわ」

「じゃあ北島さんに電話してみるかな」

自家製ベーコンは当分の間おあずけになったようである。

五

翌日の昼休み。

屋上にあがってみると、瞬太の心をうつしたような、どんよりした曇り空だった。

弁当がないので、瞬太も購買部のおにぎりである。早速今日から、吾郎は北島の会計事務所に通うことになったのだ。

しかし今の瞬太には、吾郎の弁当がなくなったことよりも、もっと重大な問題があった。

「三井には憧れの人がいるみたいなんだ……」

瞬太が暗い顔で告げると、高坂、岡島、江本の三人は「えっ!?」と驚きの声をあげた。

「憧れの人って誰だろ？　沢崎ってことはないよな？」

江本が言うと、岡島はひじで江本の脇腹をつついた。

「あ、ごめん」

江本は慌てて瞬太に謝る。

「いや、別にいいよ。絶対におれじゃないって、自分でもわかってるし……」

ははは、と、瞬太はうつろな笑みをうかべた。

「沢崎だって女子に人気がないわけじゃないよ。耳や尻尾がかわいいってほめてるのはよく聞くし」

高坂が気をつかってフォローしてくれる。

「ありがとう。でも、かわいいと憧れはジャンルが違うと思うんだ……」

「まあ、そうかもな」

江本は気の毒そうにうなずいた。

「で、三井の憧れの人って、誰なんだろうって考えたんだけど、わからなくて」

うーん、と、江本は考えこむ。

「普通はどこの高校でも女子の憧れの的っていえば、サッカー部のエースあたりなんだろうけど、うちの高校で一番女子に人気がある男子っていうと……倉橋怜か？」

とにかく倉橋怜の人気はすさまじく、全校の男子がたばになってもかなわないほどだ。

「倉橋以外でって言ってた」

「となると、部活の先輩あたりじゃないか？」

「それだ。三井が陶芸に熱心なのは、憧れの先輩がいるせいだな」

岡島は腕組みして、重々しく断言した。

「たしかに三井はすごく部活に熱心だけど、陶芸部に格好良い先輩なんていたかな？」

瞬太は一所懸命、なけなしの記憶をほりおこしてみる。

「おまえ夏休みの間、何度も陶芸室に行ったんじゃなかったのか？」

「うーん、思い出せない……」

自慢ではないが、いつも瞬太の視界には三井しかはいっていない。陶芸部の他の部員など、みな、へのへのもへじにしか見えていないのだ。

「委員長はまえ取材のため、陶芸部に体験入部したことがあったよね？」

「うん。女子部員の方が多いけど、男子も何人かいたよ」

「女子が憧れそうな先輩はいた？」

「いないこともない、かな？」

高坂の答えに、瞬太はドキリとする。

「やっぱり三井の憧れの人って、陶芸部の先輩なのかな……？」

おにぎりを持つ手がかくかくとふるえる。

「百聞は一見にしかず。今日の放課後、行ってみるか！」

江本の言葉に、あとの三人もうなずいた。

六

午後のホームルームが終わった後、高坂に起こしてもらった瞬太は、緊張しながら陶芸室へむかった。つきそいの三人は、興味津々といった様子である。

陶芸室の前まで来ると、瞬太は呼吸をととのえた。扉ごしに、作業台で粘土をこねたり、電動ろくろをまわしたりする音が聞こえてくる。

三井はいるだろうか……。

喉《のど》がからからだ。

三井がいたからって、何て切りだせばいいんだろう。

やっぱり出直そうかな。

頭の中がぐるぐるして、何をどうしたらいいのかさっぱりわからず硬直していたら、いきなり目の前の扉がひらいた。

「おじゃましまーす」

江本が扉をあけてしまったのだ。

陶芸部員たちが一斉にこちらを見る。

「え、な、江本⁉」

まだ心の準備がっ。

「あれ、みんなどうしたの？　また新聞同好会の取材？」

制服の上にエプロンをつけた三井が尋ねた。手には粘土を持っている。

一学期に高坂が陶芸部を取材してコラムを連載したことがあるため、その第二弾だと思ったらしい。

「そうそう、取材っていうか情報収集？」

「ちょっと見学させてもらっていいかな？　なるべく邪魔にならないようにするから」

江本の適当な言葉を高坂が補う。

「いいですか、部長？」

「うん、いいよ」

三井の問いに答えたのは、はかなげな美少年だった。

身長は一七五センチくらいあるが、むやみやたらと色が白く、線が細い。粘土をこねる手の甲から、青い血管がくっきりとすけて見える。肩を流れる絹糸のような髪に、大きな鳶色《とびいろ》の瞳。唇だけがほんのりと桜色だ。

四人は無言でアイコンタクトをとりあった。

「あれじゃないか？　あの詩集が似合いそうな色白の病弱っぽい三年生の部長」

廊下にでて、ささやきをかわしあう。

「三井はああいうのが好みだったのか……」

意外そうに江本が言うと、岡島がうなずいた。

「男子は、あとは、じゃがいもみたいな二年生ときゅうりみたいな一年生しかいなかったからな。まあ、あの部長で決まりだろ」

「沢崎とは全然タイプが違うな。きれいだし、賢そうだ。さすが芸術系」

江本の感想はみもふたもない。

「うう……」

芸術や文化は瞬太から一番縁遠い分野である。

「そうだ、おまえも陶芸部に入って、あいつと三井がくっつかないように邪魔したらどうだ？」

右手で顎《あご》をさすりながら岡島が言った。

「不器用なおれに陶芸なんてできるわけないし……」

「陶芸なんてできないでいいんだよ。練習してるふりだけしとけば」

岡島は時々、大人なんだか腹黒なんだかよくわからない発言をする。

「そんな無茶な」

「すみません、こいつ、体験入部希望です！」

尻込《しりご》みする瞬太の首ねっこをつかまえて、江本が大声をはりあげた。

「ちょっ、江本、一体何を……」

「沢崎君、陶芸に興味あったんだ！」

三井が嬉しそうににこにこしている。全然ないとはとても言えない雰囲気だ。

「いや、おれ、その、あるといえばあるんだけど、向いてないような気がするんだ」

「やったことないのに向き不向きなんかわからないだろ？　まずは試してみろよ」

後じさろうとする瞬太の背中を、岡島の大きな手が前に押し出す。

「そっか、芸術の授業は音楽を選択してるんだもんね」

「う、うん」

「ちょっと試しにやってみる？」

三井に誘われて、否とは答えられない。

「ええと、じゃあ、ちょっとだけ……」

「大丈夫。最初からうまくできる人なんていないよ。気楽にね」

例の色白の部長が、優しい笑顔で言う。

「エプロンかけた方がいいよ」

部長が後ろから瞬太にエプロンをかけ、細い指でひもを結んでくれる。

「緊張しないで、肩の力を抜いて。リラックス、リラックス」

部長に肩をなでられて、逆に瞬太は硬直してしまう。

「まずはこの粘土で、湯呑みでも作ってみようか。粘土をてのひらで細長いひもみたいにのばしてみて」

「こう……かな？」

「そうそう、沢崎君、その調子よ」

瞬太は慣れない粘土の扱いに悪戦苦闘である。

三井はもちろん、色白の部長がこんせつ丁寧に教えてくれるので、後ろめたくて仕方がない。

「ところで部長さんって、一学期に僕が取材させてもらった時にはいらっしゃらなかったですよね？」

見学していた高坂が、部長に尋ねた。

「君が陶芸体験を連載していた高坂君？　僕はあの時期、ちょっと体調を崩して療養していたんだ。でも君のコラムはうちのパソコンで読ませてもらっていたよ」

「それはありがとうございます。病気はもう大丈夫なんですか？」

「うん、だいたいね。あ……」

急に部長が手で口を押さえて、コホコホと咳《せ》き込《こ》みはじめた。

「大丈夫ですか、部長！」

部員たちが血相をかえてかけよってくる。どう見てもただの風邪ひきを心配している雰囲気ではない。

もしや重病で、血を吐いちゃったりするのか⁉と瞬太たちにも緊張がはしる。

「そんなに心配しないでも大丈夫だよ、みんな」

部長は青い顔で微笑んだ。

「文化祭で無理するからですよ。病気が治ってないのに、あんな大作の花瓶をつくったりして」

ポニーテールの二年生が心配そうな顔で部長の背中をさする。

「あの、部長さん、病気って……？」

「ちょっと喘息《ぜんそく》でね」

「なんだ、沖田《おきた》総司《そうじ》じゃないのか……」

ほっとしたような、気の抜けたような顔で江本が感想をもらす。

「じゃあ沢崎君、へらを使って、このひもとひものつなぎ目をなめらかにしていこうか」

部長はやせた頬に弱々しい笑みをうかべた。なんとか咳《せき》はおさまったものの、まだちょっと呼吸が苦しそうだ。乱れた髪がひと筋だけはらりと頬にかかり、妙に色っぽい。

「沢崎君、どうかした？」

「あの……」

何というか、すごすぎる。

さすがアーティスト……？

「えっと、おれ、バイトの時間なんでこれで。ありがとうございました！」

瞬太はエプロンをはずして部長に押しつけると、陶芸室から逃げだしてしまった。

後方から「おい、待て、沢崎！」という江本たちの声が聞こえているが、かまわず走り続ける。

「あー、もう、おれ、何やってるんだろ」

瞬太は混乱する頭をかかえて、うめいた。

七

それから一週間。

秋分の日をすぎたあたりから、急に風が涼しくなってきた。店の前を掃いていて汗をかくこともなく、もこもこの入道雲もいつのまにか薄い絹雲《けんうん》に席を譲ったようだ。

もう三井の憧れの人については考えるのをやめにしよう。

仮にあの色白病弱部長が三井の憧れの先輩だったとしても、自分とはあまりに住む世界が違いすぎて、三井とくっつくのを妨害できるレベルじゃない気がする。

そうだ、憧れの人発言は聞かなかったことにしよう。

うん、それがいい。

忘れるんだ、おれ。

……そんな決心をした瞬太だが、なかなか実現はしそうにない。

毎日教室で三井の顔を見るたびに胸がキュンとするし、何より、三日に一度は倉橋怜の兄たちが陰陽屋にやってきて恋愛相談をするのである。

「店長さん、タロットカード買ってきたから占ってよ」

「…………」

祥明は無言で眉を片方つりあげた。陰陽屋にタロットカードを持ち込んだ客ははじめてである。

「あれ、カードってタロットのことじゃなかったの？　トランプも買ってこようか？」

「店長さん、手相占いしかできないってことないよね？」

双子たちはやたらと祥明にからむ。

「そんなに占いがしたいのなら、パソコンや携帯に占いサイトがありますよ。無料のサイトから有名占い師の高額サイトまでよりどりみどりです」

「えー、そんなこと言わないで占ってよ。僕たち、店長さんに占ってほしいんだ」

「怜や春菜ちゃんは何回も占ってもらってるんだろ？　何で僕たちはだめなんだよ」

「申し訳ありませんが、本日は忙しいので、また今度にしていただけますか？」

「次こそ絶対だよ」

「また来るからね！」

双子たちが帰っていくと、祥明はやれやれ、と、銀に葡萄《ぶどう》色の柄の入った扇をひらいた。

「まったく面倒な連中だな。どっちが告白するかなんて、アミダくじででも決めればいいのに。倉橋ファミリーでなければ出入り禁止にしているところだぞ」

「倉橋の兄さんたち暇なのかな？　もうお彼岸もすぎたのに、まさかまだ夏休み中ってことはないよね？」

「大学生っていうのは暇なものと相場が決まってるからな。おれも年中うちの書庫に入りびたってたし」

「へー」

国立《くにたち》にある祥明の実家には立派な書庫がある。なんでも安倍家は代々学者の家系だとかで、むやみやたらと古書が多いのだ。夏休み中に一度瞬太も蔵書整理の手伝いに行ったが、一生かかっても読み切れないような量だった。

「そういえば、倉橋の家はスポーツ用品店だって聞いた気がする。売るほど道具があるんだから、あの双子も何かスポーツでもすればいいのに」

「使ったら売れなくなるからだめだろう」

「そっか。じゃあ彼女をつくればいいのに。……できないから陰陽屋に来てるんだっけ」

「どうしたものやら」

　祥明は扇を閉じると、頰にあてて考え込んだ。


　それから二日後、また倉橋家の双子が陰陽屋にやってきた。例によって同じ服装に同じ髪型である。

「やあ、こんにちは。沢崎君」

「今日はトランプのカードを持ってきたよ」

「お兄さんたちまた来たんだ。ちゃんと大学行ってる？」

「行ってる行ってる」

「行かないと愛しの奈々《なな》ちゃんに会えないからね」

「いらっしゃい、陰陽屋へようこそ……って、また君たちですか」

　話し声を聞きつけてでてきた祥明は、営業スマイルを顔にはりつけたまま、きびすを返して休憩室に戻ろうとする。

「こんにちは、店長さん。今日こそ占ってくれるよね？」

トランプを差し出されて、祥明はうんざりした顔をした。

「なんとかしてやれよ、祥明。この調子だとお兄さんたちは、一生、彼女ができないんだぞ。かわいそうだろ」

「沢崎君……」

双子は顔をひきつらせる。

「それは困りましたね」

祥明は扇をひらいて、ため息をついた。

「占ってくれる気になった!?」

「二人でばば抜きでもしたらどうですか？　勝った方が告白すればいいでしょう」

「ええっ、ばば抜き!?」

「そんなのあんまりだよ」

双子は同じ声で祥明に抗議する。

「嫌なら七並べでもポーカーでもお好きなのをどうぞ」

「それ占いじゃないよね？　ただのゲームだよね？」

緑フレームの耀刃が祥明につめよった。

「では一枚ずつカードをひいて、数が大きい方が勝ちでどうですか?」

「それって、店長さんに立ち会ってもらう意味はあるのかな?」

「そうだ、お店の前の看板に命名相談ってあったけど、店長さんは画数占いができるんじゃないの? 奈々ちゃんとうまくいくのは晶矢か耀刃か、名前で占ってよ」

どうやらトランプはあきらめたらしく、晶矢が建設的な提案をした。

「普通の双子だったらそれでいいんですけど、君たちの場合、赤ん坊の時に、どっちがどっちかわからなくなってしまったんでしょう? 仮に奈々さんと相性のいい名前が晶矢君だったとして、どっちが本当の晶矢君なのかどうやって判定するんですか?」

うーん、と、二人は考え込んだ。

「……やっぱりタロット占いにしてもらっていいかな?」

「…………」

耀刃が頼むと、祥明はこれみよがしに深々とため息をつく。

「タロットがだめなら、トランプでも式盤《ちょくばん》でも何でもいいから占ってあげろよ。二人はすごく困ってるんだから」

思わず瞬太は口をはさんでしまう。恋、いや、片想いのつらさは、今、誰よりも身にしみているつもりだ。

「キツネ君は二人の味方をするのか?」

祥明の声にトゲがある。

「えっと、その、倉橋のお兄さんたちだし」

自分も片想い中だから、とは、恥ずかしすぎてとても言えない。どうせ祥明には三井のことはばれているのだが、倉橋怜の兄たちにまでばれるのは避けたい。

「それに、ほら、占ってあげないと、お兄さんたち、この先ずーっとうちの店に通って来そうな雰囲気だし。そうなったらおまえも面倒臭いだろ?」

「ふむ」

祥明は頬に扇をあて、軽く考え込んだ。面倒臭いという言葉が心にひびいたに違いない。

「一枚きりのワン・スプレッドでよければタロットで占いましょう」

「えっ、タロットにするの?」

瞬太は驚きの声をあげた。ずっとタロットを断っていたから、てっきり占えないのかと思っていたが、そうでもないらしい。

「ばば抜きよりはいいんじゃない？」

耀刃が言うと、晶矢もうなずいた。

「うん。それでお願いします」

「では奥のテーブルへどうぞ」

二人が席につくと、祥明は渡されたタロットカードをざっと確認して、丁寧にきりはじめた。

裏返したままテーブルの上にひろげる。

「どうぞ一枚ずつひいてください」

二人は顔を見合わせた。緊張しているのか、なかなか手をのばさない。

「やめますか？」

「やります！　僕はこれで」

耀刃が一枚をひく。

「じゃあ、僕はこれを……」

晶矢も一枚選んだ。

「では、カードを見せてください」

二人はそれぞれ、自分がひいたカードをめくった。

「うっ」

うめき声をあげたのは晶矢だった。見るからに不吉な、逆さづりの男のカードである。

「こ、これは……何？　もしかして、死ぬってこと？」

「別に絞首刑にされたわけではありません。ただつるされているだけです。意味合いとしては、忍耐や修行、あとは身動きがとれないといったカードですね」

「こりゃだめだな……」

晶矢はテーブルにつっぷした。

「ただの占いだろ？　そんなに本気で落ち込むなよ。ま、でも、奈々ちゃんは僕がもらうけどね」

耀刃がニヤリと笑う。

「そっちは何のカードだった？」

「これは何だろう？　騎士かな？　それとも戦い？　どちらにせよ逆さづりの男よりはましさ」

耀刃のカードに描かれているのは、馬に乗った甲冑《かっちゅう》姿の男だった。男のまわりに、人々がひざまずいたり、倒れたりしている。

「このカードは死に神ですね」

祥明の冷淡な声がひびいた。

八

まさかのカードに、耀刃は顔をこわばらせた。

「死に神!?」

「よく見てください。騎士の顔が骸骨《がいこつ》です」

「本当だ……。じゃあ、僕は死ぬってこと!?」

「別にあなたの寿命を占ったのではありませんから、そんな心配はないでしょう。ただ、こと今回の恋愛に関しては、絶望的です」

「そうなんだ……」

今度は耀刃が机につっぷす。

「ただ死に神のカードには、リセットして再生させるという意味もあります。この恋を諦《あきら》めるか、あるいは今のやり方をあらためて、違うアプローチを考えるか、そのへんはあなた次第ですね」

「うう……」

「僕の方は？　ずっとつるされっぱなし？」

晶矢がおそるおそるたずねる。

「このカードにも、逆転の発想という意味があります。いずれにせよ、このままではだめという点においては、二人とも共通ですね」

「ええと、いや、だから、今までのやり方じゃだめだったから、占いで決めてもらうっていう新しい方法を考えたんだけど……」

「今までのやり方というのは、つまり、女の子に、自分たちのどちらかを選んでもらうんでしたよね？」

「うん」

「で、今回は、占いで決めてもらうことにしたと。自分たちでは決めない、相手まかせであるという本質は何も変わっていないんじゃないですか？」

「じゃあどうしろって言うんだよ。二人で殴り合いでもしろっての？」

耀刃がムッとした様子で口をとがらせ、反論した。

「ああ、それもいいかもしれませんね」

「えー、ひどいな。勘弁してよ」

晶矢が苦笑いをする。

「今日だって五限の講義さぼって来たのに、無駄足だったってこと？」

「春菜ちゃんが大プッシュしてたからものすごーく頼りになると期待してたのに、やっと占ってもらった結果がこれじゃあな。でもおまえ、そろそろ出席たりなくて単位やばいんじゃないの？」

晶矢が耀刃の肩に顎をのせて、クスクス笑う。

「晶矢ほどじゃないよ」

耀刃は人差し指で晶矢の鼻を押した。

「じゃあ沢崎君、これ、占い代。たしか一人三千円だったよね？」

晶矢は財布から紙幣をだして、瞬太に渡そうとする。少し前かがみになった時、晶矢からふわりと、こくのある香りがただよってきた。

「あれ、晶矢さん？」

「ん？」

晶矢が紫のフレームの位置を直しながら返事をする。

瞬太は首をかしげた。

「違うよね、耀刃さんだよね。眼鏡間違ってるよ？」

「へ、僕、晶矢だよ？」

「なんで眼鏡間違ってるって思うわけ？　僕たち同じ顔なのに」

緑フレームの耀刃が、興味深そうに瞬太に尋ねる。

「匂いが違う。晶矢さんはいつもさわやかな紅茶の匂いがする」

「へえ、えらく鼻がいいんだね。僕は今の季節、たいてい食後にアイスティーを飲むからそのせいかな？」

耀刃のふりをしていた晶矢が、両手をあげて降参のジェスチャーをする。

「耀刃さんはコーヒー派だよね？」

「僕、カフェイン中毒なんだよね。一日に五杯は飲んじゃう」

晶矢のふりをしていた耀刃は肩をすくめた。

「まさか匂いでばれちゃうなんてね」

「家族以外で見破られたのって初めてじゃない？」

耀刃はぺろりと舌をだして、紫フレームの眼鏡をはずした。二人は眼鏡を交換する。

「眼鏡間違えたんじゃなくて、取り替えっこしてたの？　見づらくなかった？」

「度の入ってない伊達《だて》眼鏡だから平気なんだろう」

瞬太の疑問に答えたのは祥明だった。

「なんだ、おしゃれでかけてるのか」

「メガネ男子の方が賢そうに見えるだろ？」

晶矢は瞬太にニヤリと笑いかける。

「それに違う色の眼鏡をかけている方が見分けがつきやすいしね」

「間違えられたくないのなら、髪型や服装をもっとはっきり違うものにしたらいいんじゃないの？」

「まあそうなんだけどね。双子っぽくしてる方が、みんな面白がってくれて好評なんだ」

「僕たちにとっても、同じ格好をしてる方が便利なことがあるんだよ。講義の代返とか、バイトの代役とかさ」

双子は、ふふふ、と、頬をよせあって笑った。眼鏡をはずしていると、本当にそっくりである。鼻をふさがれてしまったら、きっと瞬太にも区別がつかないだろう。

「同じ大学、同じ服、同じ髪。要するに君たちは、わざと見分けがつきにくいようにして、相手の女の子を試してるんですか？」

祥明は眉根をよせて、二人の顔を交互に見すえた。

「どのくらい僕らのことを本気で見てるか知りたいだけだよ」

晶矢が軽く肩をすくめる。

「本気で一人の女の子を争うつもりなら、自分のどこがすぐれているかアピールするものでしょう？　そうしないのは、どちらが相手に気に入られるか、はっきり甲乙つけられるのが怖いから。つまり君たちは臆病者《おくびょうもの》ですね。そんな調子では、占いの結果を見るまでもなく、君たちには永遠に恋人なんかできません」

祥明に冷ややかな口調できっぱりと宣言され、双子たちは顔をひきつらせた。

「永遠にって……」

耀刃が口ごもる。

「要するに君たちには、今の状態が快適なんですよ。彼女をふくめ、みんなが君たちを見分けることができない、つまり、優劣を判定されるおそれがないぬるま湯状態がね。恋人ができないのは当然の結果であって、不満を述べる権利なんてありません」

「おい、祥明。そこまで言うことないだろう」

だめもとで瞬太がとりなそうとするが、全然聞いてくれない。

「どっちが女の子とうまくいくかなんて、あくまで相性の問題で、人間としての優劣とは全然別ですよ？　ちょっと勇気をだせば彼女ができるかもしれないのに、つくづく馬鹿ですね」

どうやら毒舌スイッチが入ってしまったようだ。こうなるともう瞬太には止められない。

「そ、そんなのわからないだろ？」

晶矢が反論しようとすると、フッ、と、祥明は意地の悪い笑みをうかべた。

「実は昨日、恋に悩む女性が一人、占ってほしいと当店におみえになったのですが、双子の兄弟からアプローチされて困っている、というご相談でした」

顔の下半分を扇でかくし、思わせぶりな視線で双子の顔をひとなでする。

「えっ、そんな人来たっけ？」

　瞬太は首をかしげた。

「おまえが学校で昼寝している頃だ」

「ああ、昼間か」

「まさかその女性って……」

　晶矢がおそるおそるたずねる。

「名前は教えられませんが、十九歳の女子大生です」

　ごくり、と、息をのむ二人。

「彼女は何て言ってた？」

　耀刃は緊張した面《おも》持ちでたずねた。

「どうせ二人がそっくりで選べない、困ってるって相談だろ？」

　晶矢はちょっと投げやりな様子である。

「彼女の心はもうどちらを選ぶか決まってる。双子の片方は自分を本気で好きで、もう片方はそうでもない感じがするから、自分を本気で好きな方と付き合いたい。ただ、それはあくまでも彼女がそういう印象を受けているだけで、本当に片方が自分に本気かどうか、どうやったら確かめられるだろう、というややこしい相談でした」

「ひどいな、僕たち二人とも本気なのに」

晶矢は不満そうに唇をとがらせた。

「それで店長さんは彼女に何て答えたの？」

耀刃の問いに、祥明はピシッと扇を閉じて、にっこりと微笑《ほほえ》んだ。

「先に君に告白した方の男が本気だ、そっちを選べば幸せになれると答えました」

「ええっ⁉」

二人は同時に驚きの声をあげた。

「何でそんないいかげんなことを！」

「占いにそう出たものですから」

祥明はしれっと答える。

「本当かよ⁉」

双子は文句を言いながら店からかけだしていった。

九

翌日、渋い顔で双子がやってきた。

「店長さん、僕たちのことだましたんだね!?」

「奈々ちゃんは陰陽屋になんか行ってないって言ってたよ」

「おや、私が相談をうけた女性が、君たちの奈々ちゃんだなんて言った覚えはありませんが。あくまで双子からアプローチされて迷っている女性の参考例としてご紹介しただけです」

「くっ」

双子の抗議を祥明はしゃあしゃあと受け流した。こうなると、瞬太がいない時間に相談に来たという女性の存在自体があやしいものである。

「で、結果はどうなったんですか？」

「耀刃と付き合うって。耀刃よりも僕の方が十秒早く告白したのにさ！」

いまいましそうに晶矢が言った。

「晶矢が十秒で終わるようなちゃらい告白するからだよ。店長さんに自己アピールが大事だって忠告されてたのに」

耀刃が苦笑する。

「問題解決でよかったですね」

「まあね」

「でも告白する時、清水《きよみず》の舞台から飛び降りるくらいの勇気がいったから、ああ、これがタロットカードに描かれていた逆さづりの男のことかって思ったよ」

耀刃は恥ずかしそうに頭をかいた。あの時は眼鏡をとりかえていたが、つるされた男のカードをひいたのは耀刃だったのだ。

「なるほど、そういう解釈も面白いですね」

「どうせ僕のカードは死に神だったよ」

晶矢はチッと舌打ちする。

「死ぬ気で頑張れって意味じゃないの？」

瞬太の新解釈に晶矢はけらけら笑いだした。

「前向きだね、沢崎君！」

「死ぬほど悲しいよりはいいと思ったんだけど……」

「そうだね。死ぬ気で頑張るとか僕のキャラじゃないんだけど、参考にしてみるよ」

晶矢は瞬太の頭をくしゅくしゅとかきまわした。瞬太は慌てて後ろに三歩さがる。

「じゃあまた」

笑いながら双子は陰陽屋を後にした。見送りのため、瞬太は階段の上までついていく。

「店長さんにはまったくやられたよ」

晶矢がぼやくと、耀刃もうなずいた。

「春菜ちゃんは店長さんのあの腹黒っぷりを知ってるのかな？」

「意外にああいうのが新鮮でいいって思ってるのかもしれないよ」

「言ってることがあたってるだけにムカツクよねぇ」

「あのさ、お兄さんたち、ずっとおれ不思議だったんだけど、いくら倉橋と三井がほめてたからって、本気で祥明の占いがあたるって信じてたわけじゃないよね？　なんで何度も陰陽屋に来てたの？」

「大事なかわいい妹がうきうきそわそわしてると気になるじゃない。あ、怜のことじゃないよ。あれは弟だから」

「三井が？　うきうきそわそわ？　学校では普通にしてるけど」

瞬太がきょとんとして首をかしげると、晶矢が、ふふん、と、笑った。

「春菜ちゃんを十年以上見守ってきた僕らと君とじゃ、観察力が違うのさ」

「そもそも君、観察眼全然鋭くないだろ？　僕らが入れ替わってることを嗅《か》ぎあてたわりには、眼鏡に度が入ってないってことに気づかなかったし」

「うっ」

そう言われては、返す言葉がない。

「それに、学校にいる時と、うちで怜とおしゃべりしてる時では違うだろうしね」

「そっか。三井がうきうきそわそわか……」

うきうきそわそわで思い出すのは、例の、憧れの人発言だ。

「やっぱり三井は、陶芸部の部長のことが好きなのかな……」

瞬太の耳がしょんぼりと下をむく。

「はあ？」

「君、何言ってるの？」

晶矢と耀刃が同時に声をあげた。

「違うの？」

目配せをしあう双子たち。

「僕らを占うよう、店長さんにお願いしてくれた恩があるから、ひとついいことを教えてあげよう」

ふふふ、と、晶矢が意味深な笑みをうかべると、そうだね、と、耀刃もうなずく。

二人は前屈《まえかが》みになり、両側からトパーズ色をした瞬太の目をのぞきこんできた。

「今度、春菜ちゃんの携帯の待ち受け画面を見てみるといいよ」

「へ？」

何のことだか意味がわからず首をかしげた瞬太であった。


その頃、沢崎家では。

吾郎は背広を脱ぎながら、台所をのぞきこんだ。みどりがゆっくり鍋をかきまわしている。

「お、母さんのハッシュドビーフか。久しぶりだな」

「お帰りなさい。今日はお休みだったから、煮込み料理を作ってみたの。忙しいとどうしても炒め物になっちゃうのよね」

吾郎がお試し再就職をして以来、平日の朝食は吾郎、夕食はみどりと分担を決めたのである。ただし土日は夕食も吾郎が担当する。

「ちょっと失礼」

吾郎はハッシュドビーフを一口分れんげですくうと、味見をした。

「これ何をたしたの？　もともとのルーの味とちょっと違うよね？　瞬太なら匂いでわかるんだろうけど」

「冷蔵庫にガーリックバターがあったから入れてみたの。あとケチャップ。けっこういけるでしょ。赤ワインもいいんだけど、隠し味のためにボトル一本買ってくるのもねぇ」

「へー、バターとケチャップか。今度試してみよう。でもいつもこんなちゃんとした料理を作ってたら大変だろう。なんならレトルトやコンビニ弁当でもいいんだよ？」

「いざとなったらそうさせてもらうわ」

吾郎は時計を確認した。瞬太が帰宅するまでまだ一時間近くある。

冷蔵庫から缶ビールを一本だすと、ダイニングテーブルについた。プルトップをひくと、プシュッといい音がして、泡がこぼれる。

「ところでさ」

吾郎はビールを一口飲んだ。

「北島さんが、このまま仕事を続けてほしいって言ってるんだけど、どうしたものか迷ってるんだ」

サラダ用の野菜を切っていたみどりが、振り返る。

「仕事がつまらないの？」

「仕事自体は、特に面白くもつまらなくもないよ。そりゃガンプラ作ってる方が楽しかったけど、北島さんの事務所を手伝ってる方が安定して固定給もらえるし、住宅ローンの支払いのこととか考えると、定職についた方がいいとは思うんだ。男が主夫をやってると、世間体もあんまりよくないしさ」

「何か言われたの？」

みどりも椅子をひいて、吾郎のむかいに腰をおろした。

「言われないのが辛《つら》いんだよ……」

「どういうこと？」

「去年の今頃は、失業したてだったから、昼間ご近所の人に会うと、あらお休みですか、とか、倒産なんて大変でしたね、なんて気さくに声をかけられていたんだよ。でも、今年に入ったあたりから、なんだか見ちゃいけないものを見ちゃったって言わんばかりに、大急ぎで目をそらされるようになったんだ」

「あらまあ」

　みどりは目をしばたたく。

「でも自分から、私はひもじゃないです、ちゃんと主夫やってるし、ガンプラも売ってますなんて説明してまわるのも、いかにも言い訳っぽくて嫌だしさ。厳密には入籍してる時点でひもとは呼ばないらしいんだけど」

「そうねぇ」

「世のひも男たちは、ものすごく強い意志と勇気をもってひも人生を貫いているんだなって思い知らされたよ」

　吾郎がしみじみとため息をつくと、みどりはとうとう我慢ができなくなって、けらけら笑いだした。

「ひも道って深いのね」

「女性にはわからないよ」

吾郎は口のまわりについた泡をぬぐい、苦笑する。

「その点、スーツ着てネクタイしめてると、それだけで近所の人たちの視線がもとにもどるんだよね。大変ですねって話しかけられることがないかわりに、目をそらされることもなくて、こんにちはって一言挨拶しておしまい」

「そういうものなんだ」

「まあでも、おれのことはいいんだよ。問題はそこじゃなくて」

「瞬太のこと？」

「うん。再就職したことが只野《ただの》先生の耳に入ったら、バイトの許可が取り消しになるんじゃないかな」

飛鳥高校は原則アルバイト禁止なのである。みどり一人で家計をささえるのは大変だから、と、担任の只野先生に頼み込んで、特別に許可をもらっているのだ。

「あの子、何だかんだ言って、けっこう楽しそうに陰陽屋さんに行ってるものね」

「うん。店長さんに、陰陽屋のアルバイトはキツネじゃないとだめだって言われて、ちょっと自慢そうにしてただろ？」

「あの子、おまえじゃないとだめだなんて言われたのは、初めてだったんじゃないかしら」

「でも、息子にアルバイトを続けさせるために父親が就職しないっていうのも、変な話だしなぁ」

「でも、瞬太は陰陽屋さんをやめても、勉強なんてしないと思うのよ。只野先生には申し訳ないけど、きっと家でも学校でもごろごろ寝てるだけの子になっちゃうわ……」

「それはそれでよくないよな……」

うーん、と、二人は考え込んだ。

「まあ、とりあえず、来月の法事まではこのまま仕事を続けてみるよ。その方がお義父《とう》さんとお義母《かあ》さんも安心するだろうし」

「そうね、それがいいかも」

こうして沢崎家の難題は先送りされたのであった。

第二話

さらば祥明　陰陽屋は永遠に？

一

十月に入ると、さすがに半袖では朝晩寒さを感じるようになってきた。沢崎《さわざき》家の狭い庭では銀木犀《ぎんもくせい》が小さな白い花をつけ、甘い香りをはなちはじめている。

涼しい夕暮れの風にふさふさの尻尾《しっぽ》をそよがせながら瞬太《しゅんた》が店の前でほうきを動かしていると、王子《おうじ》では見慣れない集団が商店街を歩いてきた。

「何だ?」

瞬太はびっくりして、手をとめた。

黒スーツに身を固めた男が四人と、白スーツが一人。といっても、その筋の人たちではなさそうだ。みんな年齢は二十代から三十代の若い優男《やさおとこ》で、指輪やピアスなどのアクセサリーをキラキラさせている。よく見ると黒スーツも白スーツも、光沢のあるてらてらした素材だ。髪型はそれぞれ違うのだが、全員、芸能人のように妙にきっちりとセットしている。もしかしてみんなで美容院に行ってきたのだろうか。そして、五人とも違う香水を使っている。

「やあ、君」

先頭を歩く白スーツの男が、前髪をさらっとかきあげながら瞬太に話しかけてきた。中に着ているシャツはピンクだ。華やかな顔立ちのハンサムで、やたらにまつげが長く多い。

「猫耳かわいいね」

「キツネ耳なんだけど」

「おや、それは失礼。ところで、このへんに陰陽屋《おんみようや》っていうお店があるはずなんだけど、知らないかな？」

「陰陽屋ならここだけど……」

「えっ、ここって？」

「この階段をおりたところだよ」

瞬太は黒いドアを指さした。

「ああ、地下なのか」

「燐《りん》さん、ここに看板がでてますよ」

背が高くやせた男が、黒い看板を指さした。サングラスをかけているせいか、表情がよくわからない。

「ああ、これこれ、失《う》せ物《もの》、捜し人占います、か」

白スーツの燐は満足そうにうなずいた。

「じゃ、みんな、行くよ」

「はい」

四人は一斉にうなずき、ぞろぞろと並んで階段をおりはじめた。

「え、あ、お客さん!?」

ぼーっと男たちをながめていた瞬太は、はっと我にかえって、階段をかけおりた。

急いで先頭の燐の前にすべりこみ、黒いドアをあける。

「ここが陰陽屋だよ、中へどうぞ」

「へぇ、ここが」

五人は薄暗い店内をのぞきこんだ。

「祥明《しょうめい》、初めてのお客さんだよ。五人も！」

「おや」

瞬太の声を聞いて、休憩室から祥明がでてきた。

「いらっしゃいませ、陰陽屋へようこ……」

「ショウさーん！」

祥明が言い終わらぬうちに、燐が祥明に抱きついていた。

「な、おまえ、燐か!? あっ、そっちは……」

他の黒スーツたちも次々に祥明に抱きつく。

「綺羅《きら》だよ！ ショウさん会いたかったよー！」

「朔夜《さくや》です。ショウさんお久しぶりです。元気そうですね」

「武斗《たけと》っす！ ショウさん着物も似合うっすね！」

「どうも。葛城《かつらぎ》です」

全員が一斉に話しはじめたので、瞬太には誰が誰だかさっぱりわからない。唯一はっきりしているのは、どうやらこの五人は祥明の知り合いらしいということだ。そしてこのキラキラした派手なスーツからしておそらくは……。

「もしかして、祥明のホスト仲間？」

「よくわかったね、坊や」

白スーツの燐が、右手を祥明の背中にまわしたまま、左手で前髪をはねあげながら答えた。どうやらこの前髪はねあげが、燐の決めポーズらしい。

「祥明のことをショウって呼んでるから。それに、そういう白いスーツや黒いスーツ、祥明もたまに着てるし」

ショウというのは祥明がホスト時代に使っていた名前である。ちなみに本名は祥明と書いてよしあきと読む。祥明のネーミングはいつも安直なのだ。

「僕たちは以前ショウさんが勤めていた店のホストだよ。葛城はバーテンダーだけどね」

「よろしく」

ただ一人祥明に抱きつかなかったサングラス男が、言葉少なに会釈した。

よく見ると、葛城の黒スーツは比較的地味である。シャツも白いし、ネクタイも渋めのえんじ色だ。サングラスのせいか、ホストクラブのバーテンダーというよりは、ハードボイルドな業界の関係者に見える。

「ショウさんの白スーツって、雅人《まさと》さんにもらったやつですか？」

ちょっとうらやましそうに燐が祥明の顔を見上げる。

「うん。いいからおまえたち離れろよ。男に抱きつかれても暑苦しいだけで全然嬉しくない」

祥明はしかめっ面《つら》で、自分にまわされた手をはがしていく。

「で、今日は何の用で来たんだ？　まさか占いをしに男五人でぞろぞろ来たわけじゃないだろう？」

「半分当たりで、半分はずれ、かな？」

「僕たちショウさんにお願いがあるんだ」

小柄な綺羅が、ふふっ、と、甘ったれた笑みをうかべた。

二

「まずはこちらの席へどうぞ」

朔夜が勝手に椅子の背をひいた。光沢のない黒スーツにかっちりした横長の黒縁眼鏡《めがね》。アクセサリーはほとんどなしで、髪もオールバックだし、ホストというよりは執事といった雰囲気である。

祥明が腰をおろすと、あとのホストたちもテーブル席をかこんだ。

「ショウさんタバコは大丈夫だったよね？」

「うん」

燐がタバコをだすと、武斗がすかさずライターで火をつける。武斗はホストなのに、さわやかスポーツマン風だ。白い歯がきらりと光る陽焼けした笑顔。短めの髪をたて気味にセットし、シャツの胸元を大きくあけている。

「何か飲む？　シャンパン？　それともワインがいい？」

燐がとろけるような甘い笑顔を祥明にむけた。たぶん、いつも女性客にこの調子で話しかけているのだろう。

「そんなものあるわけないだろう。キツネ君、お茶」

「はーい」

瞬太が休憩室でお茶の支度《したく》をして運んでくると、陰陽屋はすっかりホストクラブと化していた。ただでさえ薄暗い店内で、ゆらめく蠟燭《ろうそく》のあかりに照らされながら、全員が思い思いの格好でくつろぎ、紫煙《しえん》をくゆらせているのだ。まだ日没前なのに、まるで深夜のような倦怠感《けんたいかん》がただよっている。

こんなところを只野《ただの》先生に見られたら、アルバイト許可は即時取り消しになること間違いなしだ。

「ショウさんがやめちゃって以来、クラブドルチェの売り上げはさがる一方です」

燐は前髪をかきあげて、ふう、と、ため息をついた。クラブドルチェというのが以前祥明が勤めていたホストクラブの名前らしい。

「言っとくけど、おれはドルチェには戻れないよ。こうやって自分の店をもってるし」

「それはわかってます。正直、自分たちももうピンドン事件はこりごりなんで、ショウさんに帰ってきてほしいとは思ってません」

「あの時は本当に悪かったね……」

祥明は珍しく素直に頭をさげた。

「いやいや、ショウさんのせいじゃないですから」

「そ、そうですよ」

「気にしないでください」

口ではそう言いながらも、ホストたちはさっと祥明から視線をはずした。かなり微妙な空気である。

「ピンドン事件って何？　祥明のお母さんが関係あるんだよね？」

瞬太の質問に、五人は一瞬、顔を見合わせた。

「うーん、何て言うか……」

意味もなく前髪をもてあそぶ燐。

「六本木《ろっぽんぎ》三大伝説の一つだよ」

小悪魔っぽい笑顔の綺羅。

「たとえて言うなら、ボストン茶会事件のようなものですね」

真面目《まじめ》な顔で意味不明なことを言う執事。

「大人になったら教えてやるよ」

チッチッチッと人差し指の先を振りながらウィンクをする白い歯のスポーツマン。

「…………」

無言で顔を横にふるサングラス男。

「それはともかく、頼みっていうのは何だ？」

祥明は瞬太の疑問を無視して、話をすすめることにしたらしい。

「あ、そうそう、それで、このままだったら今年は冬のボーナスをだせないって店長が言うんですよ。なんだかもう赤字ギリギリらしくて」

燐が深刻な表情で腕組みをすると、執事もうなずく。

「最悪、ホストをリストラするなんて言い出しかねない状況です」

「で、みんなで話し合って、売り上げを回復するためには、やっぱり、雅人さんに帰ってきてもらうしかないってことになったんですが」

「なるほど、雅人さんか」

燐の話に、ふむ、と、祥明は扇を頰《ほお》にあてた。

「雅人さんは、ショウさんが入るまで三年間、ずーっとドルチェでナンバーワンをキープしてたスーパーホストだから、雅人さんが戻ってきてくれたら絶対売り上げもアップすると思うんだ」

綺羅が大きな目をくりくりさせながら言う。

「それはそうだろうな。とはいえ、雅人さんほどの人だったら、もう、他の店でナンバーワンをはってるだろうし、復帰はいろいろむずかしいだろう。本人に頼んでみたのか？」

「頼もうにも、雅人さんがドルチェをやめた後の消息がさっぱりつかめません。少なくとも、六本木にはいないみたいです」

燐は前髪をサラリとはねあげて、肩をすくめた。

「え、じゃあどうするんだ？」

「どうすればいいかわからないから、こうやってショウさんの店に来てるんじゃないですか。ここって、人捜しもやってくれるんでしょ？」

「ああ、占えってことか。言っとくけど、占いは……」

「いいえ、占いは……別に、いいです……」

「いいのか？」

「だって、ショウさんの占いって、当たるも八卦《はっけ》、当たらぬも八卦。はずれても金は返さない、でしょ？」

「まあな」

「お金をもらって占う以上は命がけで占えって、よく雅人さんに怒られてましたよね」

「雅人さんは見かけによらず厳しかったからな」

祥明はやれやれ、と、ため息をついた。

「上下関係や礼儀に厳しいのはどのホストクラブでも一緒ですよ」

執事が眼鏡のフレームを中指で押し上げながら、コホンと咳払《せきばら》いをした。

「厳しいぶん、雅人さんは後輩の面倒見もよかったですし。ショウさんもよく焼き肉屋に連れて行ってもらってたじゃないですか」

「ショウさんはナンバーワンになっても、全然おごってくれませんでしたけどね」

スポーツマンがニカッと白い歯を見せて笑うと、祥明は扇をひらいてすっとぼけた。

「そうだっけ」

「あっという間にやめちゃったから仕方ないですけど」

「とにかくドルチェの売り上げがダウンしちゃったのも、もとはといえばショウさんの責任なんだから、雅人さんを捜し出してください！」

白スーツの燐がぐっと身をのりだす。額がくっつきそうなくらい、祥明に顔を近づける。

「えっ、おれのせいなのか⁉」

「そうですよ。だって雅人さんがホストを引退したのはショウさんのせいじゃないですか。店にはいって三週間のショウさんにナンバーワンをとられて、雅人さんは引退を決意したんですよ？　しかも、雅人さんが、ドルチェはショウさんにまかせたと宣言してやめていったのに、ショウさんってば、十日もたたないうちに店をやめちゃうし。これがショウさんのせいじゃなくて誰のせいだと言うんですか？」

執事が立ち上がり、祥明の後ろにまわると、椅子の背もたれに手をかけて、とうとうと祥明責任論を展開した。他の四人も、うんうんとうなずいている。

「だからって、雅人さんを捜し出せって言われてもな……」

暑くもないのに、祥明は扇をひらいて、パタパタと顔をあおいでいる。

いつも面倒な依頼は一蹴《いっしゅう》する祥明だが、責任を追及されたせいか、珍しく今日は歯切れが悪い。

「もしも雅人さんが店に戻ってくれたら、占いの料金とは別に成功報酬を払うってことでどうですか？　それならショウさんもまじめに雅人さんを捜す気になるでしょう？　おれたち、ショウさんのむやみやたらと回転のいい頭は信用しているんですよ」

「む……」

燐はにっこりと甘い笑みをうかべた。

「それにだいたいの目星はついてます。ドルチェのお客さんが、先週、雅人さんを新《しん》宿《じゅく》で見かけたって言うんです」

「新宿か」

祥明は久々に人捜しをすることになってしまったのである。

三

クラブドルチェの現役メンバーたちが帰っていくと、祥明は休憩室に瞬太をよんだ。ロッカーの上につんであった段ボール箱をおろす。中にはてらてらした白いスーツや紫のシャツが入っていた。

「この箱につっこんである服の匂いを覚えろ。これが雅人さんの匂いだ」

祥明は段ボール箱を瞬太の鼻先につきだした。

「へ？　これっておまえの白スーツだろ？」

「雅人さんが引退する時、ホスト用の服を全部おれにくれたんだ。このへんはまだおれが袖を通してないから、雅人さんの匂いが残ってるだろ？」

「おまえ、洋服の時はいつもホストみたいな服を着てるとは思ってたけど、本物だったのか」

てっきり祥明は好きで白や黒のスーツを着ているものだと思っていたが、単にもらいものの服をそのまま着ていただけらしい。

瞬太は段ボール箱に鼻を近づけて、くんくん匂いをかいでみた。

「あー、オレンジとレモンをたしてわったような、さっぱりした匂いがする。これが雅人さんの香水の匂いかな？」

「よし、覚えたな。明日から当分の間、新宿駅にはりこんで、この匂いを捜すんだ」

瞬太はびっくりして顔を上げた。

「無茶言うなよ。あんな人の多いところで、警察犬の真似《まね》なんかできるわけないだろ。だいたい雅人さんがこの香水使うのやめてたらアウトだし」

「ちっ、役立たずめ」

「それに今度の週末は泊まりがけで法事に行く予定なんだ。母さんのじいちゃんの三回忌だったかな。だからバイトは休んでいいだろ？」

「つまり曾《ひい》お祖父《じい》さんの法事か」

「おれは正座も線香の煙も苦手だから、留守番するつもりだったんだよ。でも、一人残すなんて心配だから、谷中《やなか》のばあちゃんちに預けるって母さんが言い出してさ。それくらいなら一緒に行くことにしたんだ」

　谷中で一人暮らしをしている吾郎《ごろう》の母は、口が悪いし厳しいしで、瞬太はどうも苦手なのである。

「あいかわらず過保護だな。まあ好きにしろ」

　祥明は呆《あき》れ顔で眉を片方つりあげた。

「それにしても、雅人さんってどんな人なの？　ドルチェの人たちは一所懸命だったけど、そんなにすごいホストなの？」

「雅人さんはもちろんホストとしても一流なんだが、お客さんや後輩だけじゃなくて、誰に対しても面倒見がいいんだよ」

「誰にでもってことは、祥明も面倒を見てもらったのか？」

「まあな。実はおれも毎日マクドナルドでだらだらしてたところを、雅人さんに拾われたんだ」

「えっ!?」

　驚きのあまり、耳がピンとたってしまった。

「母がおれのパソコンにパインジュースをぶちまけたって話はしたよな？」

「聞いた気がする」

祥明が毎日毎日パソコンにむかって論文のデータをまとめていたところ、祥明の母、優貴子《ゆきこ》は、祥明がかまってくれなくて寂しいという理由で、わざとパインジュースをぶちまけたのだ。しかも一リットル。

「さすがにもう母とは金輪際《こんりんざい》縁を切る、と、決心したおれは、次の日、鞄《かばん》に最低限必要な本と服だけつめこんで家をでた」

もう論文のデータを一から集め直す気力もわいてこないし、かといって仕事につくあてもない。そもそも、自分にかたぎのサラリーマンがつとまるとも思えない。結局、塾の講師や家庭教師のアルバイトで食いつなぎながら、ずるずると三年ばかりすごした頃だった。

「君、ホストやってみない?」

ある日、いつものようにハンバーガー屋でモーニングセットを食べていると、派手な顔立ちの見知らぬ男が話しかけてきた。年は祥明より三、四歳上だろうか。ファストフード店には不似合いな、刺繡《ししゅう》入りの派手な白いスーツを着ている。

「は? ホスト?」

「うん。君くらいきれいな顔してたら、すぐにお客さんの人気がでるから、かなり稼《かせ》げると思うよ。試しにやってみない？」

なるほど、ホストか。

考えたこともなかったが、女性客の酒の相手をしているだけで金が稼げるなら、悪くない。はした金のために頭の悪いガキどもの子守をする生活には、うんざりしていたところだ。

「やります」

「いい返事だ。じゃあ今から一緒に行こうか」

白スーツの男はニッと笑った。

「それが雅人さんで、連れて行かれたのがクラブドルチェだったんだ」

「へー、祥明をスカウトしたのが雅人さんだったのか」

「実際にやってみたら、ホストは全然楽な商売じゃなかったけどな。売り上げノルマはあるし、営業かけろとか、アフターも食事やカラオケ付き合えとか、面倒くさいんだよ。だが、要領さえのみこめば意外に接客業は面白かったし、占いが金になることを発見したんだ。もしホストを経験しなかったら、陰陽屋をひらくことも思いつかなかっただろうな。そもそもこの店をひらくための資金もほぼドルチェで稼いだわけだし」

「へー、じゃあ陰陽屋にとって、雅人さんは恩人なんだね。っていうことは、まわりまわって、おれにとっても恩人なのかな？」

「間接的にそうかもな。ところがおれの占いが評判になりすぎて、あっというまに雅人さんの売り上げを抜いてしまったのさ」

クチコミパワーはすごすぎだよ、と、祥明は肩をすくめた。

「それで雅人さんはお店をやめちゃったの？」

「うん。おれは今日を限りにホストはやめる、これからはショウにドルチェをまかせる、って、突然宣言したんだ。もちろんおれも燐たちも仰天して引きとめたんだが、一度決めたことをひっくり返す人じゃないから、全然聞いてくれなかった。白スーツも黒スーツももういらないからって全部おれに渡して、パタリと姿を消したんだよ」

「かっこいいなぁ」

「まあ雅人さんはどこに行ってもやっていける人だから、心配はしなかった。しかし、まさがドルチェの方が傾《かたむ》いていたとはな……」

祥明は顔の前で扇をひらくと、しみじみとため息をついた。

四

月曜日。

吾郎が再就職して以来、食堂で昼食をとることが多い瞬太だが、今日は久々の屋上ランチである。

十月も後半に入り、心地よい乾いた風がふきぬけていく。

「これ母さんからのおみやげ。みんなで食べてって」

瞬太は屋上で、ビニール袋からお菓子をとりだした。

「ホヤぼーやサブレー？」

高坂《こうさか》たちはビニール袋に印刷された見慣れぬキャラクターに首をかしげた。とげとげした赤茶色の頭に、青いマントの勇者風だ。よく見るとベルトのバックルはホタテで、剣はサンマだ。

「土日に法事で気仙沼《けせんぬま》に行ったんだ。で、このホヤぼーやっていう気仙沼のご当地キャラが母さんのお気に入りでさ。あやうく携帯ストラップを買われそうになったんだけど、勘弁してくれって頼み込んで、お菓子にしてもらったんだ」

「なんでストラップはだめなわけ？　かわいいじゃん、このキャラクター。ゆるゆるな感じで」

江本《えもと》が早速箱の包み紙をあけながら言う。

「だって母さん、みんなの分も買おうとしたんだよ……」

瞬太の言葉に、あとの三人は顔をひきつらせた。

「彼女とならまだしも、男子高校生四人でおそろいストラップか……！　こういうの、胸が熱くなるって言うんだっけ？」

「沢崎、よく阻止してくれた」

岡島《おかじま》は重々しくうなずき、サブレーを口にほうりこむ。

「女の人ってキャラクターものにすぐとびつくよね。あと限定ものも大好きだし」

高坂は冷静に分析した。

「うちの妹も携帯電話にストラップいっぱいつけてるよ。キャラクターものはもちろん、初詣《はつもう》での時に王子稲荷《いなり》で買ったパワーストーンのストラップとか、キツネの絵が入ったお守りとか。弟はそうでもないんだけどね」

「ああ、あの子供用のお守りかわいいよな。うちの母さんも自分用に買おうとして神主さんにとめられてた」

岡島がケラケラ笑いながら言う。

「携帯かぁ……」

瞬太はつい、遠い目になってしまった。

倉橋《くらはし》兄たちが言った「春菜《はるな》ちゃんの携帯の待ち受け画面」という言葉がずっと頭から離れないのだ。

「携帯がどうかしたのか？」

「うん、まあ、ちょっとね」

江本の問いに、瞬太は言葉をにごす。

「おまえがそういう顔をする時は、三井《みつい》がらみか？」

「……うん」

瞬太は江本の慧眼《けいがん》に恐れ入った。

「恋愛のエキスパートであるこのおれさまに話してみろよ！」

「おまえは片想いのエキスパートだろ」

江本が右手で自分の胸をたたくと、すかさず岡島からつっこみがはいる。

瞬太は少し迷ったが、何一つ妙案が思いつかないことだし、ここは恋愛と片想いのエキスパートに意見をあおいでみることにした。

「このまえ、倉橋のお兄さんたちに、三井の携帯の待ち受け画面を見てみるといいよ、って、言われたんだ。あのすごく思わせぶりな笑い方からして、犬とか猫とかアイドルグループとかじゃなくて、例の、三井が憧れてる人を待ち受けにしてるんじゃないかと思うんだけど……」

「あれ、三井の憧れの人って、陶芸部の病弱部長じゃなかったのか？」

江本の言葉に、瞬太は首を横にふる。

「お兄さんたちのあの口ぶりだと、どうも違うみたいだった」

「あの病弱部長は、ちょっと不思議キャラだったしな。いい人なんだろうけど、おれが女子だったらちょっとひくな。やっぱり普通にサッカー部あたりか？」

「サッカー部か……」

何だか話がふりだしに戻っている気がする。

「あれこれ推理してるよりも、実際に待ち受け画面を確認するのが一番手っ取り早いんじゃねえの？　三井が携帯をだした時にチラッと見ちゃえよ」

岡島の提案に高坂は首をかしげる。

「平らな機種ならいいけど、もし折りたたむタイプだったら、確認はむずかしいね」

「こっそりあけて見ちゃえば？」

江本がそばかす顔に、ケケケ、と、いたずらっぽい笑みをうかべた。

「そ、そんなことできないよ」

瞬太は首をぶんぶん左右にふる。

「倉橋に頼んで教えてもらえばいいんじゃないか？」

「お、名案だな！　沢崎そうしろよ」

「う、うん」

岡島の入れ知恵で、早速瞬太は倉橋に尋ねることにした。おにぎりを平らげて、教室に戻る。

午後の授業開始五分前に、倉橋は教室に帰ってきた。

「あのさ、倉橋」

倉橋が席についたところをみはからって、声をかける。

「ん?」

「ちょっと教えてほしいことがあるんだ。えっと、今じゃなくて、後で」

さすがに生徒がほとんど教室にいるこの状況では三井の待ち受け画面のことを尋ねづらい。そもそも、数メートル離れたところに、三井本人がいるのだ。

「放課後にちょっとだけ時間もらっていいかな?」

「いいよ」

倉橋の了解をもらうと、瞬太は自分の席についた。秋のさわやかな陽光をあびながら、気持ちよく居眠りをはじめる。


どのくらい熟睡したものか。

「沢崎、ちょっと、沢崎!?」

乱暴に肩を揺すられて、瞬太は目をさました。

重いまぶたをうっすら持ちあげると、目の前に、倉橋怜《れい》のりりしい美貌がアップでせまっていた。ついでに倉橋の左手は瞬太の襟首《えりくび》をつかみ、右手は今にも瞬太の頬めがけてふりおろされようとしている。

「うわわわわ、く、倉橋!?」

瞬太はびっくりして立ちあがった。

「起きた？　もうホームルーム終わったよ」

「起きた、起きたよ！」

こくこくと首をたてにふる。

「何かあたしに聞きたいことがあるんじゃないの？」

「あ、うん、そうそう」

倉橋があっさり承知してくれたので、気がぬけてしまい、ついつい午後中眠りこけてしまったようだ。いつ五時間目が始まったのか、まったく記憶にない。

「えーと、その」

瞬太は教室の中を見まわした。みんな部活に行ったり帰宅したりで、残っている生徒はほんの四、五人である。壁にかかっている時計によると、ホームルームが終わってからもう十分以上たったようだ。

「三井のことなんだけど……」

そばに人がいないことがわかっているのに、なんとなく声をひそめてしまう。

「春菜がどうかした？」

「あのさ、携帯……って……」

「何？　携帯の番号知りたいの？」

「いや、そうじゃなくて、えっと……」

待ち受けの、待ち受けが、待ち受けで……

だめだ、頭がぐるぐるしてきた。

「何なの？」

「ごめん、何でもない！」

倉橋にけげんそうな顔で問い詰められ、いたたまれなくなって瞬太は逃げ出してしまった。

だめだ、こんなんじゃ、三井の携帯待ち受けなんて永遠につきとめられないよ。

瞬太は涙目で廊下をかけぬけた。

五

瞬太が重い足をひきずりながらも陰陽屋までたどりつくと、祥明が休憩室のベッドにぐったりとつっぷしていた。

店の奥にある休憩室は、祥明の住まいも兼ねているので、ベッドと机も置いてあるのだ。風呂はないので、店を閉めたあと、王子稲荷の近くにある銭湯へ通っている。

「どうしたんだ？　腹でもこわしたのか？」

「昨日一日中新宿を歩きまわって、疲れた……」

狩衣《かりぎぬ》に着替えているところをみると、一応、働く気はあるらしい。

「新宿っていうと、例の、雅人さん捜し？」

「ああ。ドルチェでとった写真があったから、歌舞伎町《かぶきちょう》を中心に見せてまわったんだが、さっぱりだった。雅人さんは客商売が大好きだったから、きっとまた飲食店関係の仕事についてるとふんだんだが、とにかく、新宿は人が多すぎるんだよ……」

脚が痛い、背中も筋肉痛だ、と、祥明は情けないうめき声をもらす。

普段、運動はまったくしていないし、森下通《もりしたどお》り商店街から出ることすらまれなくらい足腰を使わない生活をしているから、一日歩いただけでこのていたらくである。

「やっぱり写真を見せて捜し出すなんて、新宿じゃ無理だな」

「でも雅人さんを見つけないと、ドルチェの人たちからお金をもらえないんだろ?」

「そうなんだが……とにかくやり方をかえないとだめだな。こんな効率の悪いやり方じゃ、過労で倒れること間違いなしだ」

祥明は枕にひじをついて顎《あご》をささえ、しばらく考え込んでいたかと思うと、三分ほどで身体《からだ》をおこした。

何やら考えついたらしい。

狩衣の袖から携帯電話をとりだすと、店の外まで出ていった。陰陽屋が入っている雑居ビルは、取り壊しの話がでたこともあるくらい古い建物なので、当然、携帯のアンテナなど設置されていないのだ。

「燐か? ショウだ。いや、雅人さんはまだ見つかっていないが、捜索方法を決めたから手伝ってくれ」

キツネの聴覚でドア越しの声もまる聞こえである。どうやらドルチェの現役ホストたちを使うことにしたらしい。

「ショウが雅人と勝負をしたがっている。雅人に関する有力情報を提供してくれた人には陰陽屋での手相占いを無料でサービス、っていう噂をお客さんたちに流してもらいたいんだが。勝負内容？　そんなのまだ全然考えてないに決まってるだろ。雅人さんが見つかったら考えるよ」

　適当な思いつきで燐に電話したようである。

「お客さんには直接話してもいいし、メールでもいい。うん、雅人さんを知ってそうな人には全員に流すくらいのつもりでやってくれ。もちろんおまえだけじゃ無理だろうから、朔夜や綺羅とも手分けして。よろしく頼む」

　祥明は通話を終了すると、まるで一仕事終えたかのように「やれやれ」と肩をまわしている。

「さて、あとは結果待ちだな」

「自分でもお客さんにメールを送ってみたら？　まえ来た季実子《きみこ》さんとか、ホストクラブ時代からのお客さんってけっこういるよね」

　ちなみに季実子さんというのは、占いがはずれたから責任をとって結婚しろと祥明に迫った美人キャリアウーマンである。

「メアドなんかいちいち聞いてないから無理だ。ホスト時代にも営業メールなんかほとんど送ったことないし。雅人さんに言われて、申し訳程度に二、三通だしたくらいかな」

「おいおい」

祥明はとにかく面倒臭いことが嫌いなのだ。

「ドルチェのホストさんたちとか、お客さんとか、他人に頼ってばっかりの手抜き作戦で人捜しなんてできるのかなぁ」

「果報は寝て待てっていうありがたい言葉を知らないのか？　だめだったらまた次の方法を考えるだけさ」

祥明は涼しい顔で扇をひろげた。


そんな手抜きで雅人が見つかるわけがない、と、瞬太は予想していたのだが、意外にも、翌日から祥明あてにパラパラと情報が入りはじめた。

「十日前に新宿駅東口近くで夜九時頃目撃、その時の服装はおしゃれフリーター風か、ふーん。次は五日前に渋谷《しぶや》で、一昨日《おととい》は原宿《はらじゅく》」

「すごいね。一日三通は目撃情報が来てるんじゃないか？」

メール画面にむかってぶつぶつつぶやいている祥明に、両手でほうきをかかえた瞬太は尋ねた。

「そうだな。半分は雅人さんの人徳で、あとの半分はやじうま根性のおかげといったところか」

「どういう意味？」

「おれが催促《さいそく》しないでも、雅人さんを捜しだしたい一心で、ドルチェのホストたちがせっせとお客さんにメールを送ってくれる。これが雅人さんの人徳」

「ふんふん。で、残りは？」

「お客さんからの目撃情報メールに、ショウと雅人の勝負って何をやるの!?　見たーい、っていうコメントが必ず入ってる。こっちがやじうま根性」

「ただ雅人さんを捜すだけじゃなくて、対決してほしいってこと？」

「まあな」

ショウが雅人と勝負したがっている、だなんて、妙な噂を流させたのは、女性客たちの好奇心をあおるためだったらしい。

「でも何で勝負するかちゃんと考えてるの？　ジャンケン？」

「そんなのは雅人さんが見つかってから考えればいいんだよ。というか、そもそも雅人さんを捜し出すのが目的だから、勝負なんかどうでもいいのさ。ま、この調子だと案外早く見つかりそうだけどな」

「その目撃情報って、全部、本当なのかな？　人違いってことはないの？」

「半分くらいは見間違いかもしれないが、おおよその傾向がつかめればいいんだよ」

「たとえば？」

「目撃情報は渋谷から新宿にかけてが多い、とか」

「また自分で捜しに行くのか？」

「いや、その必要はない」

祥明は涼しい顔で扇をひらいた。

六

金曜日の放課後。

瞬太は久々に陶芸室の扉をあけた。

「あの、校内新聞の新しい号を陶芸部に持って行ってくれって委員長、じゃなくて高坂君に頼まれたんだけど」

今日も青白い顔をしている部長に、高坂がほぼ一人で発行している校内新聞を十部ほどさしだす。さっきできあがった最新号を、今、新聞同好会の四人で手分けして配っているのだ。

「ああ、ありがとう。秋の芸術特集号でうちも取材してもらったんだっけ」

「見せて見せて」

数名の部員たちが瞬太のまわりに集まってきた。

その時、三井がポケットから携帯電話をとりだした。着信があったらしい。携帯をひらいて耳にあてている。

「え、沢崎君？　うん、いるよ。沢崎君、高坂君がかわってくれって」

「え、何だろう？」

瞬太は三井から「着信中　高坂君」と表示された携帯電話を受け取った。

「委員長？　おれだけど」

「携帯電話を教室に忘れてるよ。さっきから机の中でなってる。もしかしたら何か急用かもしれないから、一度教室に戻った方がいいんじゃないかな？」

「え、まじ？　すぐに取りに戻るよ。ありがとう」

じゃあね、と言って高坂からの通話はプツッときれた。

「ありがとう。おれの携帯が教室でなってるって、委員長から……あれ？」

瞬太は驚きのあまり、硬直してしまった。

三井に返そうとした携帯電話のディスプレイに、見慣れた白い狩衣姿の写真が表示されていたのである。

「え、これ……祥明？」

やっとの思いで、喉《のど》から声をしぼりだす。

後ろに白いテントがうつっているから、たぶん、夏休みに商店街のイベントで祈禱《きとう》をした時のものだろう。そういえばあの時、三井も祥明の写真をとっていた気がする。

「あ、うん、そう、店長さん」

三井はちょっと恥ずかしそうに笑って、携帯をしまった。

「待ち受けにしてるんだ……」

どういうことだろう。

倉橋家の双子の言葉が、頭の中でぐるぐるまわる。

——今度、春菜ちゃんの携帯の待ち受け画面を見てみるといいよ。

まさか、まさかとは思うが、ひょっとして、三井の憧れの人って、祥明なのか……？

だが三井の反応は予想外だった。

「え、沢崎君は店長さんにしてないの？」

三井に問い返されたのである。

「おれが？　祥明を待ち受けに？　なんで？」

三井の言葉がさっぱり理解できない。

なぜおれが祥明なんかを待ち受けにしないといけないのだろう。うちの愛犬ジロの方が、断然かわいいじゃないか。

おれ、もしかして、日本語がわからなくなっちゃったのか？

「今、店長さんを待ち受けにするのはやってるんだよ。御利益があるんだって」

三井はさらに追い討ちをかけるように、意味不明なことを言う。

「ご、御利益？　祥明が？」

「うん。ちょっと前までは占い師や霊能者の待ち受けがはやってたんだけど、今は陰陽屋の店長さんが一番人気なんだ。怜ちゃんは別格だけど」

「御利益なんて……ないと思うけど……あるの？」

「わからないけど、あるといいなと思って。あ、もちろん陰陽屋さんで買ったお守りも持ってるよ」

「あたしも店長さんを待ち受けにしてるよ！」

　二人の話が耳に入ったらしく、陶芸部の他の女子たちも待ち受けを見せてくれた。いろんな大きさの、いろんな角度の祥明が営業スマイルをうかべていて、瞬太は思わず頭をかかえてしまった。

　どう考えても、祥明の写真に御利益なんてあるわけがない。こんなのがはやってるなんて、うちの高校は大丈夫なのか？

「御利益って……。三井は何か願いごととかあるわけ？」

「えーと、文化祭も終わったし、今は成績アップかな」

「なる、ほど……」

なーんだ、と、ほっとしたような、気がぬけたような瞬太であった。

七

週がかわり、十月も下旬にはいった。高校の制服は冬のブレザーになったが、陰陽屋の仕事着はいつもの童水干《わらべすいかん》のままである。膝《ひざ》から下は素足なので、雨の夜などに店の外までお客さんを送りにでると、少し肌寒く感じるようになった。

祥明は時おりクラブドルチェのホストたちに電話で指示をだすだけで、あいかわらず自分では全然動こうとしない。いつも通り、店で占いをしたり、お守りを売ったりしているだけだ。

「本当に大丈夫なのかな……」

店の前の階段でほうきを動かしながら、瞬太はつい、黒いドアの方を振り返ってしまう。今日はドルチェの五人が陰陽屋へ来ているのだ。雅人さん捜しの依頼から、はや、十日以上がたつ。きっと瞬太と同じように、祥明のやり方に不安を感じて、様子を見に来たにちがいない。

「陰陽屋って知ってる?」

通りの方から声が聞こえてきた。

ほうきを動かす手をとめて、階段の上を見る。

見たことのない、がっしりした体形の男性が立っていた。年齢は三十代前半だろうか。腕も首も太く、肩幅も広いのだが、妙に色白なのがアンバランスだ。襟にファーがついた黒いレザージャケットの、大きくあいた胸もとには、銀色のネックレスが輝いている。黒いパンツに黒いブーツ。地味派手というか、王子界隈《かいわい》ではついぞ見かけないタイプである。

「この階段の下の黒いドアが陰陽屋だけど」

「そうか、ありがとう」

瞬太が答えると、男性はうなずいて階段をおりてきた。物珍しそうに、瞬太の耳や尻尾を見ている。

店の場所を知らなかったくらいだから、初めてのお客さんのはずなのに、何となくこの派手な顔立ちに見覚えがあるような気がする。くっきりとした濃い眉、大きな目に、高い鼻。

だが身体中にしみついた、おいしそうな魚の匂いは初めてかぐ気がする。やっぱり初対面だろうか。

「おれの顔に何かついてるか？」

瞬太が男性の顔をまじまじと見ていたら、戸惑い顔で尋ねられてしまった。

「あ、ううん。陰陽屋へようこそ。今ちょっと混んでるんだけど……」

瞬太はほうきをかかえると、ドアノブにとびついた。

「祥明、初めてのお客さんだよ」

重いドアをあけ、店内にむかって声をかけると、奥のテーブル席についていた祥明が立ちあがった。

「いらっしゃいませ、陰陽屋へよう……」

「ショウ、おれと勝負をするって、一体どういうつもりだ？」

祥明が言い終わらぬうちに、男性客は声をはりあげた。祥明はにっこりと満面の笑みで答える。

「お久しぶりです、雅人さん。そろそろいらっしゃる頃だと思ってました」

どこかで見た顔だと思ったら、クラブドルチェの元ナンバーワンホスト、雅人だったのである。祥明のスーツに残っていた香水の匂いがしなかったのでわからなかったが、瞬太も写真で顔を見ていたのだ。

「雅人さん!?」

祥明の声を聞いて、テーブル席についていた五人も一斉に立ちあがった。

「本当に雅人さんだ！」

「やったー！　会いたかったよー！」

店の奥から五人がわらわらとかけだしてくる。燐と綺羅が雅人にとびつく。五人が祥明と再会した時と似てはいるが、あの時よりはるかにみんな嬉しそうだ。武斗にいたっては、感激の涙をそっとこぶしでぬぐっている。

なるほどこれが人徳ってものなのか、と、瞬太は感心した。

「何でおまえたちまでここにいるんだ!?」

雅人は驚いて五人を見回す。

「今日あたりそろそろ雅人さんがあらわれるはずだ、って、ショウさんが言うから、いてもたってもいられず、来ちゃいましたよ」

燐は前髪をはねあげながら、ふふっ、と、照れ笑いをした。

「でもまさか本当に今日、雅人さんと会えるなんて……」

「なぜおれが来るとわかったんだ？」

雅人は自分に抱きついた燐と綺羅を「よしよし」となだめながら、不審げな顔で祥明に問いただした。

「雅人さんは真面目だから、おれとの勝負が怖くて逃げ回ってるなんて噂をたてられたら、きっと自分から来てくれると思ってました」

「何だと!?」

雅人は祥明の胸ぐらをつかみ、ぐっとひきよせた。

「あの新宿中に蔓延《まんえん》している根も葉もない噂、おまえがばらまいたのか！　おれが働いている居酒屋にまで流れてきたぞ！」

「ちょっと事情があったものですから」

「すみません、雅人さん！　ショウさんの指示で、自分たちがその噂を流しました！」

一歩後ろにさがると、燐はガバッと頭をさげる。

「おまえらもぐるだったのか！」

「すみません！」

五人は一斉に謝った。

「そこに並んで歯を食いしばれ！」

全員さっと一列に並ぶと、足を肩幅にひらき、両手を後ろに組んだ。

「すげー、応援団みたいだ……」

びっくりする瞬太の前で、雅人はパシッパシッと派手な音をたてながら、みんなの右頰を張っていく。

雅人は厳しいとは聞いていたが、まさか、体育会系ホストだったなんて。

「ああ、雅人さんの張り手、久々だなぁ」

「やっぱこうじゃないと」

なぜか嬉しそうな顔で、ホストたちは赤くなった頰を押さえている。

「大丈夫!?　ホストって顔が命なんじゃないの？」

「このくらいなら、一日二日でひくから平気だよ。それに顔がはれてると、お客さんたちがびっくりして優しくしてくれるからね」

瞬太が心配すると、綺羅が蠱惑的《こわくてき》な笑みで教えてくれた。

「へー……」

　やっぱりよくわからない世界である。

「お願いします、雅人さん！　ドルチェに戻ってきてください。おれたち、雅人さんがいないとだめなんです。このまんまじゃドルチェの未来は真っ暗です」

「引退する時にはっきり言ったはずだ。おれは二度とドルチェに戻る気はない」

　燐の懇願を雅人はきっぱりと拒否した。

「でもあの時と今とじゃ事情が違います。雅人さんは、ショウさんにドルチェを任せるって引退したけど、その肝心のショウさんが十日もたたないうちにやめちゃって……」

「本当か、ショウ!?」

「すみません、いろいろあって……」

　祥明は暗い顔で頭をさげる。

「何があったかは知らんが、いくらなんでも早すぎだろう。おまえこそドルチェに戻って、そのやわい根性をたたき直してきたらどうだ？」

「申し訳ありませんが、もう、こうして自分の店をだしましたから、今さらホストに戻るわけには……」

雅人は祥明の言葉を、フン、と鼻先でふきとばした。

「こんな店、たたんでしまえ」

「は⁉」

さすがの祥明も驚愕《きょうがく》して、大きく目を見ひらいた。

八

「陰陽屋がなくなったら、おれはどうなるの⁉　クビ⁉」

慌《あわ》てたのは瞬太である。とんだとばっちりだ。

「君はここの店員か？　かわった格好をしてるな」

雅人は瞬太に目をやった。

「うん。もう一年近くここで働いてるんだ。急に閉店なんて困るよ」

「よし、じゃあおれがショウのかわりにこの店を引き受けよう」

「ええええっ⁉」

祥明と瞬太が同時に驚きの声をあげる。

「ちゃんと今と同じ給料を保障するがどうだ？」

「えーと……バイト代もらえるならそれでもいいのかも……？」

予想外の展開に、瞬太は目を白黒させた。

陰陽屋の店長が雅人さんになったら、三井の携帯待ち受けも雅人さんになるのかな……？

瞬太は首をかしげる。

「キツネ君、裏切るのか!?」

祥明は憤然《ふんぜん》として声を荒らげた。

「そういうつもりじゃ……」

瞬太は耳を倒して、首をすくめる。

「まったく、飼いギツネに手をかまれるとは思いもよらなかったよ！　雅人さんも、勝手に話をすすめるのはやめてください。陰陽屋を譲る気はありません。そもそも雅人さんは占いなんてできないでしょう!?」

「どうせ当たるも八卦、当たらぬも八卦の占いだろう？　そんなの誰がやっても同じだ」

　雅人は軽く笑いとばした。

「そ、そんなわけないじゃないですか」

　珍しく口先勝負で祥明が形勢不利となっている。相手が恩人なので舌鋒《ぜっぽう》が鈍っているというよりは、雅人の強引な論法についていけないようだ。

　後ろの方で「そう言われればそうかもね」とささやきあっていたホストたちは、祥明に鋭い視線でにらみつけられ、慌てて口を閉じた。

「いいか、ショウ。おまえがドルチェに戻れば、おまえ自身も人生修行になるし、ドルチェの売り上げもあがるし、いいことずくめだ」

　雅人は腕組みをし、満足げにうなずく。

「お断りします。何を無茶なこと言ってるんですか。そもそもそんなわけのわからない提案をしてもらうために雅人さんを捜したんじゃありません」

　祥明の言葉に、ドルチェの五人ははっとした。あやうく本来の目的を忘れかけていたらしい。

「そうですよ、雅人さん！　自分たちが戻ってきてほしいのは雅人さんなんです。

ショウさんじゃありません」

お願いします！と五人に頭をさげられ、ううむ、と、雅人は考え込んだ。

「よし、わかった。ショウ、おまえの望み通り勝負をしてやろう」

「は？」

「おれが負けたらおれはドルチェに戻る。だがおまえが負けたら、おまえがドルチェに戻るんだ」

「いや、だから、どうしてそうなるんですか!?」

「おまえたち、おれの決めたことに文句あるか!?」

「ありません！」

と言いつつも、ホストたちは小声で祥明に「絶対に負けないでくださいね」とささやいている。

「勝負って何をするの？　ジャンケン？　腕相撲《うでずもう》？」

瞬太が尋ねると、祥明と雅人はちらりとお互いを一瞥《いちべつ》しあった。

「そうだな。腕相撲でどうだ？」

「絶対に雅人さんが勝つから嫌です。柔道ならやってもいいですけど」

お互い自分が有利な方法をさぐっているらしい。

「柔道か。やってもいいが、店内がどうなっても知らないぞ」

「……やっぱり占いでどうですか？　陰陽屋の店主を決める勝負になるわけですから」

「いいだろう。次にこの店にあらわれる客が女性か男性かを占うというのはどうだ？」

「それ、八割が女性だから占いにならないと思うよ」

瞬太が言うと、シッ、と、祥明にたしなめられた。

「キツネ君、余計なことを言うんじゃない」

「あ、ごめん」

「じゃあ明日の天気でも占うか？」

「ではおれは陰陽屋の命運をかけた勝負にふさわしく、式盤《ちょくばん》で占わせていただきます」

祥明は瞬太に式盤を運んで来させた。ぶ厚い碁盤のような木製の台の盤に、なだらかな半球がのせられており、青龍、白虎などの漢字が書かれている。

「なんだこれ？」

「陰陽道《おんようどう》の占いに使う道具で、かの安倍晴明《あべのせいめい》はもちろん、古くは三国志《さんごくし》の孔明《こうめい》も使ったと言われている由緒正しいものです」

「ほー」

祥明はいつもよりさらにもったいをつけて、半球をからからとまわしていった。

「晴明の書『占事略决《せんじりやっけつ》』にいわく、申酉《しんゆう》を見たならば曇りは続くが雨は少ない。どうやら明日は曇りのようです」

堂にいった占いぶりに、ホストたちからどよめきがおこる。

「さすがショウさん、本物の占い師みたいっすね！」

「今は本物の占い師ですよ」

感心するスポーツマンに、執事がつっこみをいれる。

「いくらもったいぶっても、どうせ当たるも八卦なんだろ？　じゃあおれは晴れに賭ける」

雅人は特に靴をとばすということもなく、直感勝負にでた。

「雨だったらどうするの？　引き分け？」

綺羅の横やりに、祥明は眉を片方つりあげた。

「晴れのち曇りというケースもありますね。私が午後の情報番組で見た天気予報では、明日の東京は曇りでしたが」

　朔夜が眼鏡のフレームを押し上げながら指摘する。

「ショウさん、明日の天気予報知ってたのかな？」

「それって全然当たるも八卦じゃないじゃん」

「ショウさんはそのへんのこずるさ、じゃなくて、抜かりのなさが頼りになるんだよ」

「朔夜ってば、ショウさんの必勝作戦を邪魔しちゃだめじゃないか」

「そうでしたか。これは失礼しました」

　ホストたちがささやきあう。雅人とは全然違う方向で祥明はあてにされているようだ。曇りと答えたのは偶然かもしれないが、これもある意味、人徳みたいなものなのかな、と、瞬太は首をかしげる。

　コホン、と、祥明は咳払いをした。

「占いで勝負するなんて、そもそも無理でしたね。ここはやっぱり占い以外で勝負しませんか？　ただし身体を使う勝負だったら、店の外でお願いします」

「はーい」

　燐が前髪をはねあげた右手をひらりとあげる。

「カラオケ勝負はどうですか？　もちろん点数が高い方が勝ちで。判断するのは機械だから、公平だし、いいでしょう？」

「む、機械採点か……」

一瞬、雅人はひるんだ。どうやら機械による採点は苦手らしい。

「おれは他の方法でもかまいませんよ？」

「失敬な。雅人さんは勝負から逃げたりはしないっすよ。ね？」

雅人は武斗に退路を絶たれ、仕方なしにうなずく羽目になったようだった。

「もちろんだ。カラオケでも何でもおれは受けてたつぜ」

言葉とは裏腹に、顔がひきつっている。

「もしかして雅人さんはカラオケが苦手なの？」

瞬太が小声で尋ねると、綺羅はかわいい顔ににやりと小悪魔の笑みをうかべた。

「歌はすごく上手だよ。でも、うまい人って、かえって機械では点数がのびないんだよね。リズムや音程の正確さを基準に採点されるから」

「だから嫌そうな顔してたんだ」

「ショウさんの歌は聞いたことないけど、別に上手じゃなくても、無難に歌っておけば七十点はとれるから大丈夫だよ。ショウさんは何でもそつなくこなすから、さらっと九十点台とかたたきだしそうだけどね」

綺羅の言葉に、朔夜もうなずく。

「雅人さんの復帰も間違いなしですね」

これでドルチェも安泰だ、と、五人は安堵の笑みをうかべた。

「では今からカラオケルームへ行きましょうか」

祥明はパシッと扇をとじる。

「祥明、閉店時間までは随分《ずいぶん》あるけどいいの？　まだ五時半くらいだよね？」

「おれたちは閉店まで待ってもいいんだぜ？」

雅人の言葉に祥明は首を横にふった。

「大の男が六人も店の中をうろうろしてたんじゃ、狭苦しくて仕方ありませんよ。しかも浮き世離れしたいい男ぞろいときては、お客さんの気が散って占いになりません」

「悪いな、ショウ」

雅人は不敵な笑みを唇に刻むと、出口にむかって足をふみだした。

九

東京がすっかり夜のとばりにおおわれた午後六時ごろ。

陰陽屋を早じまいして、全員で王子駅前にあるカラオケルームに移動した。瞬太は高校の制服に着替えたが、さすがに祥明は雅人からもらったスーツを着るわけにはいかないようで、白い狩衣姿のままである。

「じゃあ今度は雅人さんからどうぞ」

「……う、うむ」

決して逃げない男、雅人は、渋い顔でマイクを握った。曲は一昔前に流行した甘いバラードである。現役ホストたちの話通り、結構うまいのだが、六十五点といまひとつ点数がのびない。

「ショウさん、わかってると思いますが、テンポを正確に、メロディをはずさない、この二点が高得点ゲットのこつですよ」

燐のアドバイスにうなずいて、祥明はマイクを握った。陰陽師《おんみようじ》の格好のままなので、マイクが似合わないことはなはだしい。

しかも流れてきたイントロを聞いて、瞬太はウーロン茶をふきだしそうになった。なんと童謡の「鳩ぽっぽ」である。どうやら燐が「一番高得点を確保しやすいのは童謡です」と入れ知恵したらしい。

祥明が最初のフレーズを歌いはじめた時、室内でざわめきがおこった。

瞬太もびっくりして、顔をあげる。

音程がずれているのだ。

「ショウさん、緊張、してるのかな……?」

綺羅のささやきに、燐も首をかしげる。

「マイクがおかしいんじゃないのか?」

「でも焦ってる様子もないけど……」

サングラスのバーテンダーも無言で眉間《みけん》にしわをよせている。

本人はモニター画面に表示される歌詞を見ながら、淡々と歌い続けている。顔が赤くなったり青くなったりしていることもなければ、声が裏返っていることもない。むしろちゃんと声はでている。

後半になるにつれ、どんどんメロディーがおかしくなってきた。同じ歌詞の別の曲にしか聞こえない。

「もしかして、雅人さんに遠慮して、わざと下手なふりをしてるんでしょうか？」

朔夜の言葉を聞いて、雅人が不機嫌そうな顔をした。

「そんなことしても、何の得もないと思うんだけど……」

「そうだよね……」

もはや疑う余地はない。

なんと祥明は、音痴《おんち》だったのである。

カラオケルームとは思えないほど静まりかえった部屋の中で、祥明はろうろうと「鳩ぽっぽ」を最後まで歌いきった。

かたずをのんで、全員でモニター画面を見つめる。

「二十一点……!?　この機械、壊れてるんじゃないのか!?」

祥明は機械に不満をぶつけた。本人は音痴の自覚がないらしい。

「まあまあショウさん、所詮《しょせん》は機械ですから音楽とかよくわからないんですよ」

燐がひきつった顔でフォローする。

「そうそう」

もし人間が採点してたら零《れい》点だよな、と、口走りそうになって、瞬太は慌ててのみこんだ。

「ショウさんって、ぱっと見、ヴァイオリンとかさらさら弾《ひ》けちゃいそうなのに、まさか歌がだめだったなんて……」

「そういえばドルチェではいつも占いばかりで、お客さんからカラオケのリクエストが入ったことはなかったかもしれませんね」

ホストたちは予期せぬ展開に頭をかかえている。

「……とにかく、おれの勝ちだな」

雅人は、とまどいつつも勝利宣言をした。

「ちょ、ちょっと待ってください。三本勝負にしましょう。いくらなんでも今のは納得いきません。マイクの調子がおかしかったみたいです」

「そうですね、三曲にしましょう」

祥明の提案に現役ホストたちがとびつき、二曲目、三曲目へと勝負は続く。

しかし結果はやはり同じであった。

さすがの祥明も三曲目の「七つの子」では焦りを隠せず、顔がかすかにひきつっている。

「なまじっか声がいいだけに、涙をさそうっす……」

武斗の言葉に、全員がしみじみとうなずく。

「七つの子」の採点結果が出た時、祥明の手からマイクがすべり落ちた。

「十八点って……」

祥明は呆然とつぶやく。

「ありえないだろう、こんな数字……。絶対壊れてる……」

ホストたちもはやかける言葉が見つからないらしく、気まずい沈黙が部屋をおおっている。歌う予定のない瞬太までが、なんとなく曲目リストをめくってしまう。

「どうしても納得いかないなら、他の方法で勝負するか？」

見かねて雅人が申し出た。

「いえ。負けは負けです。雅人さん、明日から陰陽屋をよろしくお願いします」

祥明の敗北宣言に、あらためてホストたちは悲しげなため息をつく。これで雅人のドルチェ復帰はなくなってしまったのだ。

「ショウ、おまえもよく頑張ったよ」

雅人は両手を祥明の肩にのばし、いたわるようにポンポンとたたく。

「今日のおまえの戦いぶりは、何というか、そう、倒れても倒れても立ち上がるボクサーのようだったぞ」

「雅人さん?」

祥明は戸惑い顔で首をかしげた。

おそらく自分では気持ちよく歌っていたので、雅人が何を言おうとしているのかさっぱりわからないのだろう。

「おまえがそんなにガッツのあるやつだったとは……」

ぎゅっと祥明を強く抱きしめる。

「感動した!」

「は?」

祥明は雅人に抱きしめられた身体をななめ後ろにそらせながら、眉を片方つりあげた。

「自分の店をだして一年、きっと大変な苦労を重ねてきたんだろう」

「ええと、まあ、それなりに……」

「謙遜《けんそん》しないでもいい。おれにはわかっている。ドルチェをあっという間にやめてしまった頃のおまえと、今のおまえでは大違いだ」

「はあ」

雅人は祥明の両肩をつかむと、大きくうなずいた。

「おまえはもう、立派に一人でやっていける男だ！　ドルチェでの修行なんか必要ない！　これからも陰陽屋でがんばれ！」

「ありがとうございます……？」

何がなんだかわからないが、とにかく祥明は礼を述べた。

「じゃあ雅人さんがドルチェへ戻ってきてくれるんですか!?」

五人は一斉に色めきたった。

「仕方ないな。何せショウにはホストとして重大な弱点があることが発覚したし……。あれはとても練習で直せるレベルとは思えない……」

雅人はごにょごにょと口の中でつぶやいた。

「良かった！　雅人さんがドルチェに戻ってきてくれるのなら、もう安心です」

燐がしみじみと言うと、あとの四人も嬉しそうにうなずく。

「ただし！」

雅人は五人にむかって、右手の人差し指をびしっとつきつけた。

「おれはホストじゃなくて、フロアマネージャーとしてドルチェへ戻って、ビシビシおまえたちをしごく！　すぐにおれやショウに頼るその軟弱な根性をたたき直してやるから覚悟しておけ！」

「ええっ⁉」

そんなぁ、という悲鳴がカラオケルームに響き渡ったが、もはや後の祭りである。

祥明が女子高生の待ち受けを飾る日々は、まだ当分続きそうだった。


翌日の昼休み。

瞬太たちはひなたを選んで、弁当やパンをひろげた。風は少し肌寒いが、よく晴れた空からふりそそいでくる陽射しは明るく、まぶしいくらいだ。空の高いところを薄い絹雲《けんうん》がふわふわとただよっている。

「三井の待ち受け画面って、店長さんだったのか」

明太子のおにぎりを頬張りながら、江本が言った。例によって弁当は休み時間に早弁してしまったのである。

「びっくりだろ？　はやってるんだって。御利益があるとかなんとか」

「ああ、そういえば女子の間でそんな噂あるね」

高坂はあっさり肯定した。

「三井も成績アップを狙ってるらしいよ」

瞬太が言うと、同じく早弁組の岡島がお気に入りのプルコギおにぎりを片手に、へー、と、のんびりした口調で驚いた。

「成績アップ？　三井ってまあまあ成績良かったと思うけど、もっと上を狙ってるわけ？」

「そういうことだろうな。虎視眈々《こしたんたん》と学年一位を狙ってたりして」

「委員長を抜くってこと？　そういうギラギラしたタイプだったとは意外だな」

江本と岡島の会話に、瞬太ははっとした。

本当に三井は成績アップのために、祥明を待ち受けにしているのだろうか。

かれこれ一年、陰陽屋でバイトをしていて、さすがの瞬太も学んだことがある。

お守りを買う時、真の目的を内緒にしておきたい女子高生は、とりあえず「成績アップ」を建前にするのだ。

もし三井の真の目的が成績アップではないとしたら、一体何が目的なんだろう。そもそもご利益なんて、本心で期待しているのだろうか。

——今度、春菜ちゃんの待ち受けを……

双子の声が瞬太の頭の中でぐるぐるとリフレインする。

……やっぱり三井の憧れの人って、祥明なのか⁉

そりゃ祥明は、顔がいい。背も高い。頭もいい。占いだってできる。でも性格は面倒臭がりで、口が悪くて、意地悪で、子供に冷たくて、音痴で、しかも貧乏だ。……まあ、おれも貧乏だけど。

「沢崎、どうかしたの？」

高坂が心配そうな顔をしている。

「え、何で……？」

「顔色が悪いけど」

「ちょっと、その、腹が……トイレ行ってくる」

瞬太はよろよろしながら階段をおり、最寄りのトイレにかけこんだ。

こんなばればれの嘘《うそ》で高坂の観察眼をごまかせたとは思えないが、とにかく一人で落ち着いて考えられる場所がほしかったのだ。

だがいざ個室に入ってから気づいたことといえば、自分は考えごとが苦手だということだけだった。それでもなんとか考えてみようとしたのだが、ひたすら眠くなるだけである。

……だめだ。教室に帰って、自分の席で昼寝しよう。教室の方が陽あたり良くて気持ちいいし。

瞬太は重くなってきたまぶたをこすりながら、なんとか立ちあがった。

第三話

ラーメン番長を捜せ

一

　十一月にはいると急に、朝晩、冷えこむようになってきた。古いビルの地下にある陰陽屋《おんみようや》では、コンクリートの床からしんしんと寒さがつたわってくるため、早々とエアコンを入れることになる。

「まだ外の方が暖かいくらいだよ。まさか陰陽屋の床に絨毯《じゆうたん》を敷くわけにもいかないし、ござじゃあんまり暖かくなさそうだしなぁ。いっそ畳にこたつで占いをすればいいのに」

　森下通《もりしたどお》り商店街に濃い夕闇がたれこめる中、瞬太《しゆんた》がブツブツ言いながらほうきを動かしていると、聞き覚えのある足音が近づいてきた。

　顔をあげると、予想通りの女性が陰陽屋へむかって歩いてきている。

「いらっしゃい、江美子《えみこ》さん」

「こんにちは、瞬太君」

　江美子は近所にある中華料理店のおかみさんで、月に一度は占いにくる熱心な祥明《しようめい》ファンである。

　瞬太は軽やかな足取りで階段をかけおりると、黒いドアをあけた。

「いらっしゃいませ。陰陽屋へようこそ」

　祥明も得意の営業スマイルで江美子を出迎える。

「何かありましたか？　お顔の色がすぐれないようですが」

「こんなに暗いのにわかるの？」

「もちろんです。江美子さんはいつもきれいなばら色の頰《ほお》をしていらっしゃるのに、今日は月光をあびたような青白い顔になっておられますよ」

「あらあら大変」

　江美子はおかしそうにころころ笑ったが、すぐにため息がとってかわった。

「ちょっと厄祓《やくばら》いをしてもらいたいことがあったの。それとも商売繁盛の祈禱《きとう》かしら」

「お店で何かあったんですね」

　祥明は奥のテーブル席に江美子を案内した。瞬太がお茶をだすと、江美子はゆっくりと湯吞みを口もとにはこんだ。

「実はね、一時間ばかり前に妹から電話がかかってきて……。グルメーズ倶楽部《くらぶ》っていうインターネットのクチコミサイトで、うちの店が酷評されてるっていうの」

「えっ、上海亭《シャンハイてい》が!?」

瞬太がびっくりして聞き返すと、江美子は悔《くや》しそうな顔でうなずいた。

「急いで確認してみたら、たしかにひどいコメントだったわ。最低の中華料理屋で、料理がまずくて、特にラーメンが最悪。麺がのびのび。餃子《ギョウザ》もまずい。いくら安くても食べる価値なし……」

「なんだそりゃ。嘘八百じゃないか。上海亭の麺がのびのびだったことなんか一度もないよ」

「ありがとう瞬太君。でも、食べものの好みなんて人それぞれだから、うちのラーメンが口にあわない人だっているかもしれないわ」

「えー、そうかな」

「仕方ないわよ。でも、正直あたしも、ここまで悪《あ》しざまに書かれるなんて思ってもいなかったから、すごくショックで……」

調理場を担当している江美子の夫は、寝込んでいるという。

「それで厄祓いですか」

祥明は、長い指で顎《あご》をつまんだ。

「そうなの。こんなお客さんにあたっちゃって、運が悪かったとしか言いようがないでしょ。せめてもう二度とあたりませんように、って、お祓いをしてもらいたくて」

「実際にお客さんが減るなどの影響はでてるんですか？」

「今のところはそうでもないわ。うちはほとんどが近所のお客さんで、ネットでクチコミ情報を検索してわざわざ遠くから食べに来る人なんていないから。ただ、これからの季節は出前が増えるでしょ？　ネットで電話番号を検索して注文しようとした時に、この激辛コメントを見たら、他のお店にしちゃうわよね……。中華料理屋なんて、いっぱいあるんだし」

はああ、と、江美子は長いため息をついた。

「最悪の場合、上海亭の料理はまずいなんて噂が広がっちゃったらって思うと、本当に頭が痛いわ……」

「大丈夫だよ。上海亭のラーメンも餃子もすごくおいしいってみんな知ってるから。悪口の一つや二つ、気にすることはないって」

「でも、うちで食べたことのない人はきっと信じちゃうでしょ……？」

「クチコミに振り回される人はけっこういますからね。ステルスマーケティングなんて言葉ができるくらいですから」

「何それ？」

「平たく言えばサクラだな。このレストランおいしかった、とか、この映画は面白かった、とか、一般ユーザーのふりをしてネット上でほめさせるんだ。クチコミサイトはもちろん、ブログに書かせたり、つぶやかせたり、いいね！のボタンをクリックさせたり」

「へー、ネットにもサクラっているのか」

瞬太はびっくりして目を丸くする。

「テレビや新聞に広告をだすことを思えば、サクラをやとって絶賛させる方がはるかに安上がりだろう？」

「読む人は、まさかサクラの書き込みだなんて思わないから、信じちゃうわよね」

江美子がため息まじりに言う。

「ああ、そうか。その手があったな。江美子さん、これで万事解決です。ご安心ください」

祥明はにっこり笑った。

「私とキツネ君が、上海亭を絶賛するコメントをグルメーズ倶楽部に書いておきますよ。そうすればクチコミに振り回されるタイプの人たちに見られても安心でしょう」

「えっ、でも、それっていいのかしら？」

「私たちは別に上海亭の従業員でもなければ、お金をもらったわけでもなし。かまわないでしょう。今夜中に投稿しておきますね」

「ありがとう、これで安心して夜の仕込みに入れるわ！」

江美子はにこにこしながら、商売繁盛のお守りを買って帰ってくれた。

「食べ物屋さんって大変だね」

江美子の後ろ姿に手を振りながら、しみじみと瞬太は言う。

「うちは陰陽屋でよかったよ」

「陰陽師のクチコミサイトってないの？」

「うち以外に陰陽師の店なんてないのに、クチコミサイトなんて作りようがないだろう」

「それもそうか」

瞬太は耳の裏をかいた。

その夜、いつもより三十分ばかり早く閉店すると、二人は王子《おうじ》駅の近くにあるインターネットカフェまで行った。二人用のパソコン席を借りると、グルメーズ倶楽部の会員に登録する。

「香り高く、コクがあるにもかかわらず、決して押しつけがましくない上品なスープ。こしがあり、太すぎず細すぎない極上の麵にほどよくからむその味はまさに絶品、と」

祥明は持ち前の舌先三寸能力を発揮して、上海亭の料理をほめちぎった。

「おいおい、これ、ただの醬油《しょうゆ》ラーメンの説明だろ？　ほめすぎでかえって何がなんだかわかんないことになってるぞ」

「いいんだよ、これくらいインパクトがないと悪口コメントに負けてしまうからな」

「おれはそんな長ったらしい文章書けないから、普通に、おいしかった、でいいかな？」

「せめて、ものすごくおいしかった、にしておけ」

「わかった。えーと、チャーハンがものすごくおいしかった。これでいい？」

「よし」

もちろん二人とも五つ星の高評価である。

満足げにうなずくと、ネットカフェから撤収したのであった。

二

翌日の昼休み。

食堂でうまそうに醤油ラーメンをすすっている江本《えもと》と岡島《おかじま》を見て、ふと瞬太は昨日の江美子の相談を思い出した。

「今日のラーメンはどう？」

「ん？　普通にうまいよ。上海亭には全然かなわないけど、安いし、星四つかな」

江本はなかなかの高評価である。

「おれは星三かな。最近味に工夫がないし、今日はちょっとメンマがかたかった。あと、卵がもうちょっとトロッとしてる方が好きなんだよな」

「岡島って意外にラーメンにうるさいんだな」

女性に関しては、年上でも年下でも女なら誰でもいいなんておおざっぱなことを言っていた岡島だが、ラーメンにはかなりのこだわりがあるようだ。

「おれの身体《からだ》の八割は麵でできてると言っても過言じゃないぜ」

文句を言っていたわりには、スープも一滴残さずすすっている。

「ラーメンってさ、人によってやっぱり好みがわかれるものかな？」

「そりゃそうだろ。おれは醬油ラーメンが一番好きで、二番が塩で、それから味噌かな」

江本はうまそうにシュルッと麵を吸いこんだ。

「豚骨《とんこつ》や魚系のダシは好き嫌いがわかれそうだな。麵の太さやかたさも人によるし、あとコショウを最初から使ってるかどうかとか。チャーシューの味は……」

「ラーメンで何かあったの？」

永遠に続きそうな岡島の解説を高坂《こうさか》がさえぎった。

「うん、陰陽屋でちょっと……。お店の名前は言えないんだけどさ」

瞬太は昨日のいきさつを簡単に説明する。

「おれはそこの店のラーメン、すごくうまいと思ってたから、そのコメントを見てびっくりしたんだ。書いた人は、たまたま口にあわなかったのかなぁ」

「上海亭のラーメンでもだめな人っているんだね」

高坂の感想に、瞬太はあわてふためいた。

「えっ、おれ、上海亭って言った？」

「だって陰陽屋の近くでうまいラーメンっていうと、まずあそこだろ？」

岡島も当然のように言う。

「う……あ……えー……」

瞬太が口をパクパクしていたら、江本が話題をかえてくれた。

「そういえば、パソコン部がクチコミ情報の募集をはじめたね」

「クチコミ？　パソコン部が？」

「おや、早速注目の的なのかな？　光栄だね」

気取った声が瞬太のななめ後ろ上方から聞こえてきた。振り向かないでもわかる。

パソコン部の浅田《あさだ》真哉《しんや》だ。中学生で東京経済新聞の読者スクープ大賞をとった高坂に対し、浅田はライバル意識をむきだしにしており、何かとからんでくるのである。

「なんだ、ゲーム部の浅田か」

「パソコン部だ」

江本がわざと間違えると、浅田はムッとした声で訂正した。

「もうゲームに専念するのかと思ってたよ」

「君たち新聞同好会にとっては残念なことに、WEBチームは健在さ。丸一ヶ月かけて準備した王子グルメのクチコミランキングのコーナーが大好評でね。ゆっくり昼食もとっていられないよ。いいねぇ君たちは暇そうで」

浅田は文化祭の直前に、「沢崎《さわざき》瞬太は王子稲荷《いなり》の境内《けいだい》で拾われた赤ん坊である、そしてその正体は化けギツネなのだ」という記事を校内むけホームページに独断で掲載して学校から厳重注意をうけ、ここのところずっとなりをひそめていた。だがいつのまにか、新コーナーでちゃっかり復活していたらしい。

「盛況でなによりだね。おめでとう」

高坂はにっこり笑ってみせた。が、よく見ると目が笑っていない。

「ありがとう。高坂君もぜひ、おすすめの店があればクチコミ情報をよせてくれたまえ。それじゃあ急ぐので失敬」

浅田は自慢するだけすると、さっさといなくなってしまった。

「何だあいつ。忙しいっていっても、みんなが書いてくれたクチコミをホームページにアップするだけだろ？」

江本がチッ、と、舌打ちする。

「でもさ、ケーキの新作情報とか、女子たちは重宝してるらしいぜ。女子供は井戸端会議が大好きだからな」

岡島の言葉はやはり常におっさんくさい。

「女子っていえば、三井《みつい》とはどうなってるんだ？」

急に話の矛先《ほこさき》を自分にむけられ、瞬太は昼定食のハンバーグをのどにつまらせそうになった。

「大丈夫？」

ゲホゴホしている瞬太の背中を高坂がさすってくれる。

「あ、ありがとう。どうもなってない……よ……でも」

瞬太は言葉につまった。

三井が祥明を携帯の待ち受けにしている理由がいまだに気になってはいるのだが、こんなに人がいる場所ではとても話せない。

「でも？」

「ううん。何でもない」

ふーん、と、三人は顔を見合わせた。

三

翌週の月曜日は朝から強い北風がふき、冬の接近を予感させる冷え込みだった。空をおおう灰色の雲が、次から次へと流れていく。

瞬太が陰陽屋の店内ではたきをかけていると、階段から、足をひきずるような弱々しい靴音が聞こえてきた。

急いではたきを提灯《ちょうちん》に持ちかえ、入り口のドアをあけると、階段をおりてきたのは、暗い顔の江美子だった。

「いらっしゃい、江美子さん」

「陰陽屋へようこそ。ずいぶんお疲れのようですが、どうかなさいましたか?」

祥明とともにテーブル席へ腰をおろすと、江美子は深々とため息をついた。

「またひどいコメントが……今度は美味《びみ》ナビに……」

「えっ⁉」

「ほら、ここ見て」

携帯サイトの画面を二人でのぞきこむ。美味ナビというのも、グルメーズ倶楽部とほぼ同じスタイルの、クチコミ投稿サイトのようだ。

「本当だ。上海亭は最低の店だ。ゴキブリが壁を歩いてた。絶対行くな、だって!?何だこれ」

「ひどいでしょ？　味覚の方は個人差がすごくあるから、まずいと感じる人もいるのかもしれないって我慢したけど、でも、これは嘘よ。開店以来、衛生面にはすごく気をつかってるもの。万が一、店外からゴキブリが迷いこんだとしても、お客さんたちが大騒動してパニックになるはずだから、あたしが気づかないわけないのよ。こんな事実無根の嘘を投稿するなんて、あんまりだわ。イタズラだとしても、たちが悪すぎる」

江美子は一気にまくしたてた。

「ここまでくると、もはや誹謗中傷《ひぼうちゅうしょう》ですね。営業妨害で訴えてもいいレベルでしょう」

「でも、訴えたくてもハンドルネームしかわからないし、そもそも裁判をおこす時間もお金もないし、結局泣き寝入りするしかないのよね……」

江美子はうつむいて唇をかむ。

「えーと、投稿者の名前はラーメン番長か」

「グルメーズ倶楽部の方はラーメン部長でしたから、同一人物かもしれませんね」

「大丈夫だよ、江美子さん！　またおれたちが絶賛コメントを書いておくから、元気をだして」

「ありがとう。でもゴキブリが出るなんて書かれてる店、いくら料理がおいしいってコメントがあっても、誰も来てくれないと思うの……。実際、今日のお昼は雨でもないのにじわっとお客さんが少なかったし」

「今日は寒かったからじゃない？」

「瞬太君、ラーメンっていうのは、寒い日ほど人気があるのよ」

「そ、そうか……」

瞬太はばつが悪そうな顔で、耳の裏をかいた。なぐさめるつもりが、失敗である。

「でも、こんな悪口をあっちこっちのクチコミサイトに書いてまわられてたんじゃたまらないわ。最悪の場合、うちの店がつぶれちゃうかもしれない。なんとかこの書き込みをした人を捜し出してもらえないかしら？」

「捜し出してどうするの？　グーで殴るのはまずいよ？」

「そんなことはしないわ。したいのはやまやまだけど。このコメントを削除するよう、本人に要求しようと思って」

「お気持ちはわかりますが、私は素人《しろうと》ですから、インターネットトラブルの専門家に相談してください」

「あら、人捜しなのに、やってくれないの？」

「えっ⁉」

「陰陽屋さんのお品書きに、捜し人ってあるわよね？」

「それはまあそうですが、私にできるのは、せいぜい、捜し人がどちらの方角にいるか占う程度ですよ？」

「だからその占いを駆使して、ラーメン番長を捜してって言ってるんじゃない。祥明さんほどの陰陽師ならできるわよね？　あたしの頼みを断ったりしないって、信じてるわ。まさか何も調べないうちから逃げ出すなんて、ありえないわよね？」

江美子はぐいっと身をのりだし、たたみかけるように祥明に迫る。

「……わかりました。やれるだけのことはやってみます」

祥明はしぶしぶうなずいた。面倒臭い仕事は大嫌いなのだが、相手が常連の江美子とあっては、むげに断れない。

「それで、ラーメン番長の正体に心当たりはあるんですか？　たとえば、江美子さんかご主人を恨《うら》んでいる人とか」

「えっ⁉」

「料理がまずいという投稿の時は、単なる辛口料理評論家気取りのコメントかと思っていましたが、二件続けてとなると、上海亭に対する悪意がこもっている気がします」

「そう言われれば……そんな感じも……。でも、恨んでる人って急に言われても、えぇと、あたしが昔ふった男かしら。それとも夫が誰かに恨まれてるのかしら」

江美子は眉間《みけん》にきゅっとしわをよせて考え込んだ。

「江美子さん、男をふったことがあるの⁉」

「あたしだってふった男の二人や三人はいるわよ。若いころはそれなりにもてたんだから」

「江美子さんほどきれいな人でしたら、さぞかしもてたでしょうね」

「あら、やだ、店長さんってば、あいかわらず口がうまいんだから」

江美子の顔が少し明るくなる。

「あと、店としてはどうですか？　上海亭さんはかなりはやってますから、ねたまれている可能性はありますよね？」

「えっ、ねたまれて⁉」

江美子はぎょっとした様子で大声をあげた。

「もし上海亭さんがつぶれたら、他のお店にお客さんが流れるわけですからね。ねたみが解消される上に、自分の店の売り上げもあがって一石二鳥、と、考える人もいるかもしれないでしょう？」

「ラーメン番長なんて名乗ってるくらいだし、こいつの正体はラーメン屋だったりして」

「可能性はあるな」

「ええっ⁉」

「このへんで他にラーメンをだしている店はありましたっけ？　ああ、駅のすぐそばに一軒ラーメン屋がありますね」

「あそこは場所もいいし、いつも混んでるから、うちをねたんでるってことは絶対ないと思うわ」

江美子は急いで首を横にふる。

「ラーメン屋はそこだけですが、麵類全般でいえば、改札をでてすぐの場所にある立ち食いそば屋、その二階のレストラン、コンビニのむかいの洋食屋、それから焼き肉屋にも冷麵があったかもしれません」

「麵類ってそんなにあるんだ」

「上海亭に一番近い飲食店はどれですか?」

「一番近いのは喫茶店だけど、あそこはコーヒー中心だから麵類はないんじゃ……」

「いや、あの喫茶店だったら、たまにランチでナポリタンをだしてますね」

江美子の答えを、祥明がさえぎった。

「へー、そうなんだ」

祥明はやたらと近所の食べ物屋のメニューに詳しい。一切自炊をせず、すべての食事を外食に頼っているだけのことはある。

「しかし、麵類をだしている店がこんなにいっぱいあるとなると……」

「一体どこを疑えばいいのかなぁ」

うーん、と、三人は頭を抱えた。

「とにかく、美味ナビには絶賛コメントをつけておきますよ。あと、江美子さんから管理者あてに、削除の要請をだしてみてください」

「わかったわ」

「ネットに何を書かれようと、おいしい料理をだし続けている限り、常連さんが減ることはありませんよ。気を強くもって」

「がんばる！」

江美子は力強くうなずいた。


翌日は気持ちのいい秋晴れだった。

久々に母のみどりが作ってくれた弁当を持って、屋上へあがる。四人は冷たい風をさけて、壁ぎわに座った。

みどりの弁当は、ミートボール、エビシュウマイ、卵焼き、それからかぼちゃ、ミニトマトにスナップえんどうと、野菜多めでカラフルである。

「で、三井とはどうなんだ？」

開口一番、江本に追及され、瞬太はあやうくカラフル弁当をひっくり返しそうになった。あぶない。

「あのさ……三井の携帯の待ち受けって、祥明なんだけど……」

「ああ、成績アップの御利益がどうとかってあれか」

「本当なのかな……？」

「いくらなんでも御利益はマユツバだろ」

江本はきっぱりと断定した。

「そっちじゃなくて、その、三井が祥明を待ち受けにしてるのは、本当は、違う理由なんじゃないかなって……」

「つまり、三井の憧れの人は店長さんなんじゃないかってこと？」

「うん。女子ってさ……大願成就のお守りを買う時、たいてい、成績アップを口実に使うんだ。でも真の目的は別にあったりするんだよね……」

「それは人それぞれだよ」

高坂は肯定も否定もしない。

「まあ、三井に限っては、成績アップだよ。真面目《まじめ》そうだし」

かつて片想い同盟を結んだこともある江本は、大丈夫、と、瞬太をはげましてくれた。

だが次の瞬間。

「三井は店長さんのことが好きなのかもな」

岡島の言葉に、瞬太の心臓は握りつぶされたような衝撃をうけた。

「おい、岡島」

江本が岡島をひじでつつく。

「沢崎だってわかってるから、ぐるぐるしてるんだろ？　少なくとも嫌いな奴を待ち受けにはしないよ」

岡島のあまりに的確な指摘に、瞬太は目の前が真っ暗になる。

「うう……」

「委員長のところに何か情報入ってない？　例のストーカー女子とかさ」

以前、三井のストーカーだった遠藤茉奈《えんどうまな》は、今や高坂の取材アシスタントなのである。

「ごめん。今はケーキバトルが盛り上がってるから、そっちの情報ばっかりだよ」

例のパソコン部が作った王子グルメのランキングで、どこのケーキが一番おいしいか、盛り上がりすぎて炎上ぎみになっているらしい。

「今度こそ三井本人に聞くしかないな」

「どーんとあたってくだけてこい」

「がんばって」

「うっ」

三人に一斉に肩をたたかれ、瞬太はうなずくしかないのであった。

四

木曜日は朝から冷たい雨だった。

今日もまた陰陽屋の店内ではたきをかけるか、それともたまには雑巾《ぞうきん》をかけるべきかと瞬太が思案していたら、階段から、ピチャン、ポトン、というもの悲しげな音が聞こえてきた。時おり雨靴の疲れはてた足音が混じる。

そーっとドアを細めにあけて、ななめ上をうかがってみたら、階段の途中に立っていたのは江美子だった。月曜日に来た時よりさらに暗い顔になっている。

「ど、どうしたの？　悪口を削除してもらえなかったの？」

「美味ナビのコメントは削除してもらえたわ……。でも……」

「でも？」

「今度は食通ダイアリーっていうところに、上海亭のフカヒレと白菜のコラーゲンスープにハエが入ってたって書かれてたの……。これ見てくれる？」

食通ダイアリーの携帯サイトを祥明と瞬太はのぞきこんだ。

「本当だ。ひどいな……」

「書いたやつの名前は中華番長か」

「いつものあいつだね」

「そもそも上海亭のメニューにフカヒレと白菜のコラーゲンスープなんてありましたか？」

祥明は顔をあげて江美子に尋ねる。

「この冬の新作なの。あたしが考えたのよ。スープの上に生姜《しょうが》の細切りをパラッとちらしてて、お肌がプルプルになる上に身体が温まるっていうコンセプトなの」

「へー、すごくいいね！　うちの母さんとかとびつきそう」

「ありがとう。夫もすごく気合いを入れてたのよ。でもよりによってこの新作スープにハエ入りなんて書かれちゃって、もうだめだって、また寝込んでるわ……」

江美子の夫はどうもすぐに寝込んでしまうたちらしい。

「でっち上げの悪口なんだろ？」

「ええ、間違いなくでっちあげよ。あんな白っぽいスープにハエが入ってたら、あたしがテーブルに運ぶ時に絶対気がついてるはずだもの」

「キクラゲやワカメなどの黒っぽい食材は一切入ってないんですね？」

「ええ。緑の野菜も入ってないし、ハエなんか隠れる余地はないわ」

江美子は自信をもって断言した。

「ところで、この新作スープをだしはじめたのはいつからですか？」

「今週の月曜からよ」

「となると、今週、上海亭に来た人の中に犯人がいるということですね」

「えっ、お客さんに⁉」

「だって店の外からじゃ新作はじめたなんてわかりませんからね。サンプルもでてませんし。ホームページもひらいてないですよね？」

「そう言われれば、新作メニューを知ってるのは、店に来た人だけってことになるかも……。お客さんの中にラーメン番長がいたってこと……？」

江美子の顔が蒼ざめた。ショックを隠しきれない様子だ。

「今週に入ってからあやしい人は来ていませんか？　江美子さんがふった人とか、けんかをした人とか、近所のライバル店の人とか」

「うーん、いない……と思うんだけど……」

「よく考えてみてください」

「やっぱり思いつかないわ」

「そうですか」

祥明はふむ、と、考え込んだ。

「もう一度、食通ダイアリーの書き込みを見せていただけますか？」

「どうぞ」

江美子は携帯電話を祥明に渡す。

「おや、このサイトは投稿記事に対してコメントをつけられるようになっていますね。反論のコメントをつけてみてはどうでしょう?」

「あら、そんなことできるの?」

「ええ。ハエって本当ですか? 証拠の写真でもない限り信じられません、と、書いてみてください。私の予想では、ここまでしつこく営業を妨害してくるラーメン番長なる男は、きっと上海亭まで写真をとりに来るはずです。いまどきの画像ソフトなら、コラーゲンスープの写真さえあれば、ハエを合成するくらい簡単ですからね」

祥明はニヤリと笑った。

「さすが祥明、いつもながらあくどいこと考えるな」

「コメント書き込み終了。これでいい?」

江美子はディスプレイを祥明に見せて確認する。

「結構です。今夜からキツネ君が上海亭に張り込んで、店内でデジカメや携帯を使おうとする客がいないか監視しますよ。どうぞご安心を」

「えっ、おれ?」

急にミッションを言いつけられて、瞬太は慌てた。

「ご主人はずっと調理場だし、江美子さん一人だと目が届かないだろう」

「そっか。わかった」

「ありがとう、助かるわ。でも瞬太君がいないと、陰陽屋さんが困るんじゃないの？」

「一日や二日、どうってことはありませんよ。ラーメンと違って、占いは寒ければ寒いほど客足は鈍《にぶ》りますからね」

　クリスマスやバレンタインの頃は、告白すべきか、あるいは、別れるべきかといった恋愛相談があるのだが、残念ながら十一月には何もイベントがないので、陰陽屋は閑古鳥《かんこどり》が合唱中なのである。

「あらまあ。じゃあよろしくお願いします」

「夜の営業は六時からでしたね。後でうかがわせます」


　森下通り商店街に明るい街灯がともる午後六時すぎ。

　祥明の言葉通り、瞬太は高校の制服姿で上海亭に派遣された。さすがに童水干《わらべすいかん》のままだと目立ちすぎるからだ。

　一番隅の、店内全体が見渡せる場所に瞬太は陣取った。

食べたら眠くなるから何も食べるな、と、言われたのだが、ラーメン屋で何も頼まず座っているというのも妙なので、とりあえず餃子だけ頼む。

目だけだと、背中で隠して撮影された時に見逃す危険があるので、どこかでシャッター音がしないか耳での偵察もおこたらない。

「ども！」

六時半になると、アルバイトの青年がやってきた。シャギーの入った明るい茶髪頭で、耳にはピアスをつけた、二十代半ばの青年である。本業は劇団員だそうだ。

「太田《おおた》君、もうすぐ出前のラーメンとチャーハンできるから、お願いね」

「うぃっす」

うなずくと、おしゃれとはほど遠い白い調理服に着替え、上からジャンパーをはおった。首から上と下の落差がはげしい。白いヘルメットの黒い顎ひもをきゅっとしめると、年季の入ったバイクの出前機に岡持《おかもち》をつるして発進していった。

七時が近づくにつれ、店はだいぶ混んできた。

瞬太はいつもこの時間帯は陰陽屋にいるので、はじめて目《ま》のあたりにした上海亭のにぎわいにびっくりする。ちょっと暑くなったり寒くなったりすると、すぐに閑古鳥がなく陰陽屋とは大違いだ。

　やはり寒さのせいか、十分に一度は出前を注文する電話がかかってくる。

「ちょっと、健介《けんすけ》、出前お願い」

　江美子が二階にむかって声をかけているのが聞こえる。

「えー、太田さん来てるんだろ？」

「太田君は今、十条《じゅうじょう》まで行ってるから時間がかかるのよ。早くしないとラーメンのびちゃうでしょ」

「へーい」

　十八歳くらいの少年が、たいぎそうに二階からおりてきた。ゲームキャラクターの絵がプリントされた昔風のトレーナーにジーンズである。目が江美子にそっくりだし、息子だろう。

「はい、ラーメン三つと領収証。王子本町二丁目の佐川《さがわ》さんまでおねがいね」

「へいへい」

　返事はかなり面倒くさげだが、慣れた手つきで岡持を出前機につるすと、バイクを発進させていった。普段から出前の手伝いをしているのだろう。

それにしても、江美子は悪口コメントの影響を心配していたが、とりこし苦労に終わったようだ。

安心すると、店内のここちよい暖かさのせいもあって、何度も睡魔に負けそうになった。ラーメン番長が来てるかもしれないんだから寝ちゃだめだ、と、自分の手の甲をつねりながら、なんとか瞬太はがんばった。

五

八時五分前、町の中華料理屋にはおよそ似つかわしくない黒服長髪の男があらわれた。江美子の顔がぱあっと明るくなる。

「あら、祥明さん。陰陽屋さんは今日はもう終わったんですか？」

「江美子さんの顔を見たくて、早じまいして来てしまいました」

得意の営業スマイルをうかべると、瞬太の隣に腰をおろす。

「どうだ、あやしいやつは来たか？」

祥明は声をひそめてささやく。女性客じゃないんだから、耳もとに顔をよせるのはやめてほしい。

「今のところいないね」

「写真をとってるやつは？」

「全然。おれの耳ならデジカメのシャッター音も拾えるはずなんだけど」

「てっきり今夜あらわれるに違いないとにらんでいたんだが。おれの読みがはずれたかな」

祥明は軽く首をかしげた。

「まだ八時だし、これから来るんじゃない？」

「営業時間は夜十一時までか」

祥明はメニューを確認しながらうなずく。

「じゃあ後はおれが晩飯がてら見張るから、おまえは帰っていいぞ」

「えっ、おれに何も食べずに帰れって言うの!?」

「ああ、その餃子は食べていいけど」

「そりゃもちろんだけどさ」

瞬太はすっかりさめた餃子をがつがつと食べはじめた。

「ラーメンも食べていいだろ!? ずっとこの匂いをかいでたから、もう我慢《がまん》の限界だよ」

「吾郎《ごろう》さんかみどりさんがご飯つくって待ってるんじゃないのか?」

「ラーメンは別腹だから大丈夫!」

岡島のような発言をしてみる。

「注文するのはおまえの勝手だが、金は自分で払えよ」

「わかってる」

とは言ってみたものの、念のため財布をあけてみると、八百二十円しか入っていなかった。モヤシラーメンと餃子のセットならなんとか自力で払えるが、月末にバイト代が入るまで超絶貧乏になってしまう。

うんうん悩んでいる瞬太をしりめに、祥明は味噌バターラーメンを注文した。

「わざといい匂いのするラーメンを注文するなんて、嫌がらせか!?」

「当たり前……おっと」

祥明は軽く右手をあげて、瞬太の言葉をさえぎった。

「顔を動かさずに聞け。今入って来た客、王子稲荷の近くにある喫茶店のウェイトレスだ」

　再びささやき声にもどる。

「えっ、ラーメン番長なんてハンドルネーム使ってるのに、女性なのか……⁉」

「女番長かもしれないぞ」

「うひゃ」

　瞬太は顔を動かさず、目だけでそーっと疑惑の女性の様子をうかがった。

　年齢は二十代後半くらいだろうか。エプロンをしていないので、会社帰りのＯＬさんといった感じだ。おそらく八時で仕事が終わったのだろう。

　陰陽屋の二人とはかなり離れた入り口近くの席につき、しばらくメニューを眺めたあとでタンメンを注文した。

「タンメン一丁！」

　江美子が調理場にオーダーを伝えながらレジにむかうと、女番長かもしれないウェイトレスはバッグから携帯電話をとりだした。

　祥明と瞬太は目でうなずきあう。

　瞬太は立ち上がろうと腰をうかせるが、祥明に腕をつかまれ、引き戻される。

「まだだ。写真をとるまで待て」

瞬太は小さくうなずいた。

ウェイトレスは携帯電話にむかって忙しく指を動かしている。どうやらメールを打っているようだ。

いや、ひょっとしたら、またクチコミサイトに何か投稿記事でも書いているのだろうか。

じっとターゲットを見つめていると、張り込みをしていることに気づかれてしまうかもしれない。瞬太はさりげなく餃子を口に運びながら、耳に注意を集中させた。

携帯電話のカメラなら、必ず大きなシャッター音がするはずだ。

隣から味噌バターラーメンのひどくいい匂いと、軽やかに麺をすする音が聞こえてくるのが邪魔で仕方ないのだが、文句を言っている間にシャッター音を聞き逃しては一大事だ。せっかくのキツネ耳の見せどころに、瞬太ははりきった。

はりきったのだが。

江美子がタンメンをテーブルの上に置くと、容疑者はあっさり携帯電話をバッグにしまいこんでしまった。

「あれ……？」

瞬太は首をかしげる。

「今日は写真とらないのかな？」

ひそひそ声で祥明にきいた。

「おれたちを油断させておいて、いきなりとるかもしれない。目をはなすな」

同じくひそひそと祥明にささやき返され、瞬太はうなずく。

だが喫茶店のウェイトレスは、あっという間にタンメンを平らげると、会計をすませ、満足げな様子で店をでていってしまった。

「写真とらなかったな」

「おれたちが見張ってるのに気づいて今日はやめたのか、あるいは、そもそも彼女は女番長ではなかったのか」

「うーん」

瞬太は目の前の皿を見てびっくりした。いつのまにか餃子が全部なくなっている。

「しょ……祥明……？」

「なんだ？」

振り向いた祥明の口から、餃子の匂いはしない。

どうやらウェイトレスに気をとられているうちに、自分で完食してしまったようだ。せっかくの上海亭の餃子を無意識のうちに食べきってしまうなんて、なんたる不覚。

「いや、何でもない。じゃあ、おれ、後はおまえにまかせて帰っていいかな?」

「ああ、もう八時半か。みどりさんが心配するから早く帰れ」

「うん」

瞬太は半ば放心状態で、ふらふらしながら雨の夜道をたどったのであった。

六

翌日。

午後四時すぎに瞬太が陰陽屋へ行くと、いつものように祥明は休憩室で漫画を読んでいた。

「昨夜はあの後どうだった?」

「一応閉店の十一時までいたが、あやしかったのはあのウェイトレスだけだったな」

「そっか。やっぱりあのお姉さんが女番長なのかな？」

「可能性は高いが、もしも彼女が本当に上海亭の悪口をネットに書きまくっているんだとしたら、森下通り商店街はじまって以来の大スキャンダルになるから、証拠をつかまないうちはうかつなことを言うんじゃないぞ」

「証拠かぁ。今日も張り込んでみる？」

二人が相談をしていると、いつもの階段をおりる靴音が聞こえてきた。

「あれ、この靴音……何だか今までで一番元気がないな」

瞬太は急いで提灯をつかむと、店の入り口まで走った。

「いらっしゃい、江美子さん」

黒いドアをあけると、泣きそうな顔の江美子が立っていた。

「瞬太君……」

くずれおちるようにして椅子に腰をおろした江美子は、大きくため息をつくと、食通ダイアリーの画面を見せた。

「これ……」

「またラーメン番長が何か書き込んだんですか？」

江美子から渡された携帯の画面を見て、祥明と瞬太は仰天した。

「えっ、証拠写真⁉　コラーゲンスープにハエだって⁉」

小さい画面なのでよくわからないが、そういわれれば、何か黒いものがスープにうかんでいるようである。

「一体いつの間に⁉　昨夜は写真をとっている客なんかいませんでしたが」

「わからないわ……」

江美子は相当まいっているようだ。夫はとっくに寝込んでいるに違いない。

「もしかして、今日のランチの時間にこっそり写真をとったとか？　きっとお昼時も混むんだよね？」

「いや、この記事が書き込まれたのは〇時十三分になっている。やっぱり昨夜、ラーメン番長は上海亭に来たんだ」

「あのお姉さんなのかな？　でも、おれ、ずっと見張りながら聞き耳もたててたけど、シャッターきる音なんてしなかったよ。音がしない携帯電話っていうのもあるの？」

「いや、盗撮防止のために、携帯電話のカメラはシャッター音がするようになっているはずだ。ムービーで撮影したものを写真に加工したということか？」

「でも、あのお姉さん、料理が来るまでずっとメール打ってて、料理がきたらすぐに携帯をバッグにしまってたよ。一体いつの間にムービー撮影なんて……」

祥明は眉をひそめた。

「そもそも彼女が注文したのは麺類じゃなかったか？」

「そうだ、たしかタンメンだよ」

「じゃあこのコラーゲンスープの写真は一体どうやって……。昨日じゃなくて、もっとまえに撮影してあったってこと？」

「それなら昨夜わざわざ上海亭に来る理由がないだろう」

祥明はいぶかしげな表情で扇を顎にあてる。

「そうだよね……。昨日はすごくすごくタンメンを食べたくなって、来ちゃった、とか……？」

「いや。ラーメン番長は他にいると考えた方が自然だろう」

「そっか」

どうやら商店街はじまって以来のスキャンダルは不発に終わったようで、瞬太はほっとする。

「でもあのお姉さんじゃないとすると、いったい誰がラーメン番長なんだ……？」

「江美子さん、昨夜コラーゲンスープを注文した人を覚えていますか？」

祥明の問いに、江美子は悲しげな顔でうなずいた。

「昨夜は二回しかオーダーが入らなかったのよ。やっぱりこの書き込みの影響かしら……。頼んだ人はね、ええと、常連のご夫婦と、初めての女性三人連れだったわ」

「初めての三人連れは除外していいでしょう。これまでのラーメン番長の投稿から見て、ヤツは少なくともここ最近で一、二回は上海亭に来ているはずです。コラーゲンスープも知っていましたしね」

「じゃあ常連のご夫婦のどちらかがラーメン番長っていうことなの？　二人とも七十をすぎてて、パソコンも携帯も全然使えないような話をしてたけど」

江美子はけげんそうな表情で答える。

「使えないふりをしているけど実はバリバリに使いこなしてたりして？」

「うーん、やっぱり違うわ。ご主人は江戸っ子気質の人だから、もしもうちの料理に気に入らないことがあったら、クチコミサイトに悪口を書くなんてまだるっこしいことをしないで、その場でずけずけと文句をつけると思うのよね」

「ということは、やっぱり昨日とった写真じゃないってことかな？　一昨夜とか？」

「それなら、スープにハエが入ってたってクチコミを投稿する時点で写真をそえてるだろう」

祥明は扇をくるくるともてあそんだ。

「どうもこの写真、あやしいな。この画面だと小さすぎてよくわからないが、他の店でとった偽物かもしれない」

「えっ⁉」

「江美子さん、大きな画面で確認してみませんか？」

陰陽屋は一時閉店にして、三人は再び駅の近くにあるネットカフェにむかった。

二人用の個室に三人ですし詰めになり、二七インチのディスプレイをかこむ。

「どうですか？　このスープが入っている器、上海亭のものに間違いありませんか？」

祥明はブラウザを拡大表示にした。コラーゲンスープの画像がディスプレイにどんとひろがる。やはり黒い点は小さなショウジョウバエのようだ。

「そうねぇ。この柄はたしかにうちで使ってるものだと思うわ」

「他にこの柄を使っているお店はありませんか？」

「メーカーに確認しないとわからないけど、別に特注品ってわけじゃないから、同じ柄の食器を使ってる中華料理店なんて、いっぱいあるんじゃないかしら。あっ、でも、このテーブルクロス」

「え？」

江美子は身体をのりだして、ディスプレイにはりついた。

「このテーブルクロスは間違いなくうちのよ。この生地はあたしが池袋《いけぶくろ》の洋裁店で買ってきて、自分で縫ったんだから」

江美子は写真の隅のほうにちらりとうつっている薄いクリーム色のテーブルクロスを指さす。

「じゃあスープそのものはどうですか？　中身だけ合成したのかもしれません。色や具を確認してください」

江美子はまじまじと画像を凝視した。

「残念ながら、うちの亭主がつくったフカヒレと白菜のコラーゲンスープだわ……」

「えっ、じゃあこのハエも!?　どこかで拾ってきたハエの死体を、上海亭に持ってきたのかな!?」

「ハエはそれこそ、ネットのどこかで適当に拾ってきた画像じゃないか？　よーく見ると、スープは正面から光があたってるが、ハエは右から光があたってる」

「そっかー、びっくりした」

「しかしハエ以外は本物となると、やはりラーメン番長は上海亭で本物を撮影したということになりますね……」

祥明は腕組みをして、眉間にしわをよせる。

「江美子さん、よくこの画像を見て、いつ、誰にだしたスープか思い出してください」

「そんなの無理よ」

江美子は背もたれに身体をあずけながら、頭を左右にふった。

「そんなことを言わず頑張ってください。上海亭の未来はあなたの双眸《そうぼう》にかかってるんです」

祥明は江美子の手をぎゅっとにぎった。

「もう一度、隅々までよく見て」

祥明は左手を後ろから江美子の肩にまわすと、抱きよせた……のかと思ったら、さりげなくディスプレイにむかって肩を押していたのだった。

「たとえば器に傷はないか。普段は使わない具材が入っていないか。あるいはテーブルクロスのしみは？　そしてお箸《はし》は？」

なぜか祥明は思いっきり営業ボイスで江美子にささやいた。

キツネ耳だと、ささやき声もばっちり聞こえてしまうので、恥ずかしさのあまり身体中がむずがゆくなる。

「え、ええと……」

今にも湯気がたちそうなくらい頬を赤く染めながら、江美子は画像に目をやった。

ついついいつものホスト商法がでているだけなのだろうが、かえって江美子の集中力をさまたげているようにしか見えない。

「あっ、わかったわ！」

「思い出せたんですか!?」

「この箸立ての傷は、カウンターの一番隅の席よ！　それで、カウンターの隅の席でスープを飲んだ人っていうと……」

江美子は急に立ち上がった。

さっきまでとは違う理由で、顔が真っ赤になっている。

「うちのバカ息子だわ！」

「はあ⁉」

七

江美子は個室のドアを勢いよくあけると、あっけにとられる二人を置いて、脱兎《だっと》のごとくかけだしていった。もちろん自宅でもある上海亭に戻ったのだろう。

「キツネ君、追いかけて！　流血沙汰になりそうだったら止めるんだ！」

「わかった！」

祥明がカウンターで支払いをすませている間、瞬太は江美子の後を追った。びっくりするほどのスピードで江美子は夕暮れ時の商店街をかけぬけていく。

五分ほど走ったところで、上海亭にたどりついた。

江美子は勢いよく引き戸をあけはなつ。

「健介！」

ずんずん、と、重い足音をひびかせながら、江美子は二階へあがっていった。

「お……おじゃましますー」

瞬太も後をついてあがる。

「健介、いる⁉」

江美子はバン、と、激しい音をたててドアをあけた。

健介は今日はアニメキャラのトレーナーにジーンズで、子供のころから使っているらしい勉強机にむかっている。机の上にのっているのは、デスクトップ型のパソコンだ。

「ど、どうしたの？」

健介は母親のただならぬ剣幕《けんまく》にびくびくしながら尋ねた。

「あんた昨夜、夜食はチャーハンとコラーゲンスープだったわよね」

「ああ、店のあまりものだよ。それがどうか……」

「このハエ写真と書き込み、あんたの仕業《しわざ》でしょ！」

江美子は食通ダイアリーの画面を健介につきつけた。

「何言ってるんだよ、こんな写真、見たこともないよ」

「嘘おっしゃい。この箸立ての傷、あんたが座ったカウンターの隅の席で写真をとったっていう動かぬ証拠よ！」

「そ、そんなの偶然だろ。それに太田さんだって隣の席で同じ物食べてたぜ」

「太田君はね、先月、洗い場に携帯を落としちゃって、今、携帯なしなの。もちろんデジカメなんて最初から持ってないわ！」

「えっ」

健介の顔がだんだん蒼ざめ、ひきつってきた。

「だからっておれが犯人ってことにはならないだろ!?　コラーゲンスープは今週ずっとだしてるんだし、カウンターの端の方で食べた人なんて何人もいるんじゃないの!?」

「たしかにその可能性はありますね」

やっと追いついてきた祥明が口をはさんだ。

「だよな……って、え、陰陽師!?　なんでうちに!?」

陰陽屋に来たことのない健介は、初めて見る祥明の狩衣《かりぎぬ》姿に、ぎょっとする。

「ええ、ですから、健介さんのパソコンを確認させていただけますか？」

「えっ、いや、パソコンは困るよ。何て言うか、ほら、いろいろ個人情報が……」

「いいから、どきなさい！」

ごにょごにょとしぶっている息子を江美子は椅子からつきとばした。健介は畳の上に尻餅《しりもち》をつく。

ブラウザの閲覧履歴を開くと、案の定、飲食店のクチコミサイトがずらりと並んでいた。

「やっぱり！」

「そ、それは今度の合コンの場所を探していて……」

この期《ご》に及んで、まだ健介はなんとか言い逃れをしようとした。

「ふーん？」

江美子は疑わしそうな目で息子を見ると、美味ナビのページをひらいた。左上に「ようこそ、ラーメン番長さん」と表示される。自動ログイン機能が発動してしまったのだ。

「ほら、あんたがラーメン番長なんじゃないの！　一体どういうつもりでうちの店の足をひっぱるような嘘八百の書き込みをしたの!?　父さんと母さんがどれだけ一所懸命働いてるか、あんたわかんないの⁉　このパソコン一台買うために、ラーメンを何百杯も作らなきゃいけないのよ⁉」

「ぐ……。だって……」

健介はさすがにごまかしきれないと悟ったのだろう。

「うちの店は忙しすぎなんだよ！」

ゆらりと立ち上がると、反撃モードにはいった。

「特に冬は出前の電話がじゃんじゃんかかってくるから、おれも寒い中バイクでかけまわらされるし。もう、うんざりなんだよ！　客が減れば楽になっていいじゃん。特に十二月は冬コミの原稿があるから、出前なんか手伝ってる場合じゃ……」

「このバカ息子！」

瞬太が止める暇もあらばこそ。

江美子のパンチが健介の顔にはなばなしく炸裂したのであった。

八

土曜日。

授業が終わった後、食堂で吾郎の牛丼弁当をひらきながら、瞬太は前日の顚末《てんまつ》を三人に話した。部活のない生徒はさっさと帰宅するので、食堂はわりとすいている。

「そんなこんなで、とある中華料理屋さんの悪口を投稿しまくっていたラーメン番長は見つかったんだ」

「そっかぁ、とある中華料理屋さんも大変だったなぁ」

「やっぱり最後はクチコミじゃなくて自分の舌で決めなきゃだめだな。ちなみに今日はチャーシューがよく煮込まれていい味になってるから、星三つ半」

岡島がおもおもしく判定する。

「じゃあおれは星五つ。理由は気分がいいからラーメンがうまい」

こちらは江本判定である。

「そういえば、パソコン部の王子グルメランキングはどうなったんだ？　ケーキバトルは決着ついたのか？」

「ああ、あれは……」

高坂が苦笑した。

「結局どこのケーキが一番おいしいかは決まらなかったよ。唯一、これだけは間違いないってみんなが合意したのは、一番大きいのはコージーコーナーのチーズスフレだっていうことくらいかな」

「あれは一切れっていうか、ホールだろ。楕円形だけど」

「でも五百円だから、コストパフォーマンスはすごいよ」

高坂は高校生のくせに難しい言葉を使う。要するにお得ということだそうだ。

「それってクチコミで決める必要あったのか？」

「さあねぇ」

高坂は軽く首をかしげた。

「インターネットって、コミュニケーションツールとしてはすごいし、速報性もダントツなんだけど、信頼性には疑問が残るよね。ひどい時はまったくのデマがとびかうし。中にはわざと煽《あお》るような書き込みをして自分のサイトを炎上させ、カウンターをまわして広告収入を稼ぐっていう商法もあるらしいんだ。もちろんパソコン部のケーキバトルは違うよ。広告収入なんてないだろうし」

「ふーん、すごいなぁ」

インターネットもすごい世界だけど、そんなことを考察している高坂がすごいな、と、瞬太は感心する。

「僕は匿名《とくめい》のクチコミじゃなくて、責任ある署名記事を書く。読者に信頼されるためにもね。それが新聞の大切な役目だって、今回のクチコミサイト騒動に教えられたよ。ありがとう、沢崎」

「おれは別に……でも委員長の役にたったんならよかったよ」

へへへ、と瞬太は照れ笑いをうかべた。

「ところで沢崎、例の件はどうなってるんだ？」

「例の件？」

江本の質問の意味がわからず、瞬太は問い返した。

「携帯の待ち受けの真相だよ。直接確認するしかないって言っただろ？」

「うっ」

瞬太の箸がとまる。

「まだなのか」

「あれは、その、二人きりの時でないと聞きにくいから……。チャンスを狙ってはいるんだけど……」

「まあ、がんばれ」

「うん……」

瞬太は弁当箱にむかって、深々とため息をついた。


数日後。

ここのところ、瞬太は毎日、下校する前に陶芸室をのぞくのが習慣になっていたのだが、ついに、この時がきた。

三井が陶芸室に一人きりで、部活の準備をしている。

瞬太は精一杯の勇気をふりしぼって、陶芸室の扉をあけた。

「あれ、沢崎君。また体験入部の続きに来たの？　それとも新聞同好会の取材？」

「えっと、ちょっと三井に聞いておきたいことがあって」

脂汗《あぶらあせ》がだらだらと背中をつたっておちるのを感じる。

「あのさ、三井。本当に成績アップのために祥明を待ち受けにしてるの？」

「え？」

「あの、いや、もし本当に御利益があるんなら、おれもしてみようかなと思って」

「えーと、効果は今のところまだでてない……かな？」

「そっか。わかった」

うなずくと、もう話が続かない。

ああ、だめなおれ。

このままだと一生ぐるぐるし続けて終わりをむかえることになるぞ。

もう一度自分に気合いを入れ直す。

「あのさ、本当に三井は成績アップをねらって祥明の待ち受けにしてるの？　三井ってけっこう成績いいから、そんな必要ない気もするんだけど……。実は、その、違う目的っていうか……動機っていうか……」

瞬太は必死に言葉を探した。

「沢崎君、もしかして、文化祭の日のことを、店長さんから聞いたの？」

三井は頬を赤らめてうつむいた。

「えっ!?」

そうだ、文化祭が終わった後、瞬太が陰陽屋に着物を返しに行ったら、店内で祥明と三井が楽しそうにおしゃべりをしていたんだった。

一体あの日、陰陽屋で何があったんだ!?

「三井、まさか、あの日店で、祥明に……!?」

「うん、そうなの」

「ええっ!?」

「うちの両親のこと、店長さんに愚痴《ぐち》っちゃった」

「へ？　りょうしん？」

瞬太は何のことやら意味がわからず、きょとんとして問い返す。三井は一瞬、しまった、という顔をした。

「えっと……言いたくないんだったら言わないでもいいよ」

「でも、もうだいたいわかっちゃったよね？」

「うん、まあ……」

以前、三井から両親の話を聞いたことがある。二人ともちょっとかわっていて、自分の子供よりも趣味を大事にしているのだ。いや、お母さんは登山家だと言っていたから仕事になるのか。

とにかくお父さんはスキーが、お母さんは山が大好きで、しょっちゅう家をあけ、三井を残して、それぞれ出かけてしまうらしい。正月を親と迎えたことが一度もないとも言っていた。

だがお互いのライフスタイルが一致しているせいか、夫婦仲はわりと良いというから不思議である。

「沢崎君のお父さんとお母さん、二人そろって文化祭に来てたじゃない？　うちはどっちも来なかったの。母は例によって山登り、父は南半球までスキー旅行。連休だったしね」

「そうだったんだ」

「なんだかもう、すごくすごく沢崎君のことがうらやましくて」

三井は寂しそうに笑うと、目をふせた。

「……おれ？」

瞬太はとまどいながら問い返す。

「あたし、自分のことが特別不幸だとか、かわいそうだとか思ったことは全然ないよ。ないけど、でも、たとえば怜《れい》ちゃんみたいに兄弟がいっぱいいたら楽しかったのに、とか、沢崎君みたいに両親が過保護だったらどんな感じなんだろう、とか……」

「過保護な両親なんて、面倒くさいだけだよ」

「いいな。面倒くさい両親……。あ、ごめんね、沢崎君は沢崎君でいろいろ大変なのに」

「え、うん、まあ」

王子稲荷の境内で拾われたことを言っているのだろうが、それほど大変な思いをした記憶がないので、ついあいまいな返事になってしまう。産みの親がなぜ自分を捨てたのか、気にならないわけではないが、悩んだり恨んだりというほどでもない。

「三井は文化祭のこと、直接、親に言ってあったの？」

「ううん。言うだけ無駄だし、困らせるだけだろうな、とか思うと、結局、言えなかった」

「そうなんだ……」

三井は優しいから、自分の両親にもいろいろ気をつかっているのだろうな、と、思うと、何だかいたたまれない気分になる。

「あ、そんな顔しないで大丈夫だよ。店長さんにその話をして、家内安全のお守りを買ったらうちも沢崎君ちみたいに仲良くなれますか?ってきいたの。そしたら、お嬢さんに必要なのは勇気ですね、って。勇気が出る呪文の護符をその場で書いてくれたの。今度ご両親に何か言いたいことがあったら、飲み込まないでぶちまけてしまうといいですよ、って。突然ご両親が過保護になることはないかもしれませんが、少なくともお嬢さんのストレスは解消されてすっきりしますって」

「祥明がそんなことを言ったのか」

「うん。このお守りがあれば大丈夫って思うと、それだけですごく安心できるの。不思議でしょ?」

三井はそっと、ブレザーの胸をおさえた。おそらく内ポケットに祥明の護符を入れて持ち歩いているのだろう。

「そうなんだ……。良かったね」

祥明の舌先三寸も、たまには役に立つらしい。

くやしいけど、あの日は特に自分のことにいっぱいいっぱいで、三井の気持ちなんか全然察してあげられなかったなぁ……。

瞬太はしょんぼりと肩をおとした。

「店長さんって、本当にすごい人だよね」

「……え？」

「いいなぁ、沢崎君はキツネ体質で。あたしもキツネ耳だったら、陰陽屋さんで雇ってもらえるのに」

「み、三井……？」

三井の大きな目に、ハートマークが浮かんでいるように見えるのは、気のせいじゃないような……。

ものすごく、嫌な予感がする。

瞬太はごくり、と、唾《つば》をのみこんだ。

第四話

呪詛返しの夜

一

秋も深まった十一月下旬。

王子《おうじ》の街並みはイチョウの葉のクリーム色と桜の葉の赤茶色にいろどられ、気の早いケーキ屋ではクリスマスケーキの予約をとりはじめる。

「いよいよラーメンの季節、本番だよな」

飛鳥《あすか》高校の食堂で、岡島《おかじま》が満足そうにぽっこり腹をなでた。もちろんスープは最後の一滴まで残さずすする。健康にいいとか悪いとか、そんなことは気にしないのだ。

「帰りにほりぶんの焼き芋でしめれば完璧だぜ」

「ほりぶんの前に焼き芋の列ができるようになると、もう冬だなぁ」

江本《えもと》がしみじみ言う。

「冬といえば狐の行列だけど、陰陽屋《おんみょうや》さんは今年はどうするの?」

狐の行列というのは、毎年大晦日《おおみそか》におこなわれる年越しイベントである。

江戸時代に、大晦日の夜には関東中の狐たちが王子に集合して、榎《えのき》の下で正装に着替え、きちんと整列して王子稲荷《いなり》神社におまいりをするらしいという不思議な話がひろまった。

江戸の庶民たちの間では、大晦日の夜は王子で狐火《きつねび》を見物して、王子稲荷で初詣《はつもう》でをするのが、年越しイベントとして流行したほどである。

その故事にちなんで現在おこなわれているのが、狐にばけた人間たちによる行列だ。

「去年すごく寒かったから、もう今年は参加しないって祥明《しょうめい》は言ってたんだけど、商店街の会長さんに頼まれて断れなかったみたい」

「店長さんの集客力はすごいからね。特に女性客の」

高坂《こうさか》はクスクス笑った。

「あいつ顔だけはいいからな」

「沢崎《さわざき》も一緒に行列歩くのか？」

「うん。委員長も取材あるし、来るんだろ？」

「王子で一番盛り上がるイベントだからね」

「おれはどうしようかなぁ。寒いんだよね？」

江本は大げさに首をすくめてみせる。

「真冬の夜中だからね。でもちゃんとマフラーやカイロで防寒しとけば大丈夫だよ」

「うちの学校の女子もけっこう来そう？」

「かなり来ると思うよ」

高坂がうけあうと、江本は目を輝かせた。何せ高坂の情報はあてになる。

「本当に⁉」

「うん。お目当ては陰陽屋の店長さんか倉橋《くらはし》さんだけどね」

「ああ、倉橋が参加するのか」

「倉橋さんのお父さんとお兄さんたちが実行委員会の役員やってるからね」

「三井《みつい》も来るのか？」

にやにやしながら岡島が瞬太に尋ねた。

「たぶんね。去年も来てたし」

瞬太は希望的観測を述べる。

「でも、去年、王子稲荷の階段で足をねんざしたからどうだろうね」

「えっ⁉」

高坂の指摘で瞬太は慌《あわ》てた。そうだ、すっかり忘れていたが、三井は王子稲荷の急な階段で足をねんざしたのだ。みどりのプロフェッショナルな応急手当てのおかげで、たいしたことはなかったようだが、もしかして、もう狐の行列はこりごりだ、なんて思っていたりするかもしれない。あるいは、本人は気にしていなくても、親が参加に反対するのでは……。

「あっ、三井！」

江本の声に瞬太ははっとした。

ラーメンの匂いに混じって、三井のシャンプーの匂いがする。

匂いがしてくる方向を見ると、三井がトレーを両手に持って、下膳口《さげぜんぐち》へむかっているところだった。

江本の声が聞こえたのか、三井もこちらをふり返る。

「三井さん、今年は狐の行列はどうするの？」

高坂に尋ねられて、三井はにこっと笑った。

「行くつもりだよ。そろそろ参加申し込みしないとねって、さっき怜《れい》ちゃんとも話してたんだ」

「去年足をねんざしたから、今年はやめなさいってお母さんに止められたりしないの？」

瞬太はおそるおそる尋ねる。

「大丈夫だよ。親にはねんざのこと内緒にしてるから」

三井がえへへといたずらっ子のように小さく舌先を見せたので、瞬太はほっとした。

「なんだ。じゃあ安心だね」

「うん。陰陽屋さんも参加するんだよね？　店長さんと沢崎君が参加すると盛り上がるから、楽しみにしてる」

「お、おれも、みんなで狐の行列にでるのを楽しみにしてるよ」

「じゃあまた後で」

三井はトレーをさげに行ってしまった。

「沢崎、おまえ、みんなでなんてしらじらしいこと言ってたけど、本当は三井と二人で行列に参加できたらいいなぁとか夢見てるんじゃねえの？」

江本が三日月形の目でニヤニヤ笑う。

「えっ、いやそんな」

「照れるな照れるな」

江本がプクク、と、変な笑いをうかべて瞬太をひやかしていると、岡島がやれやれという顔で首を左右にふった。

「無理だろ。三井は倉橋と歩くんだろうし、沢崎は店長さんとセットだし」

「くう」

まったくもってその通りである。

「せめて四人で歩けるといいね」

「うん……」

全然なぐさめになっていないなぐさめの言葉を高坂にかけられ、瞬太は小さくうなずいた。

二

午後四時すぎ、いつものように瞬太は陰陽屋に行った。今日は雨なので、店内を掃除することにする。

「狐の行列、どうなるのかなぁ……」

瞬太がため息をつきながら店の中ではたきをかけていると、祥明が肩をすくめた。

「まだ一ヶ月も先のことを今から心配してどうするんだ。その前にある期末試験の心配でもしろよ。また職員室によびだされても知らないぞ」

「あー、それもあったね」

瞬太は夏休み前に職員室によびだされ、担任の只野《ただの》先生に補習を言い渡されたのであった。冬休みも補習はあるのだろうか。

もう一度ため息をつこうとした時、瞬太の耳がピクリと反応した。階段をおりてくるスニーカーの足音が聞こえてきたのだ。

「お客さんだ。この足音はたぶん……」

瞬太ははたきを提灯《ちょうちん》に持ち替えて、入り口まで出迎えた。黒いドアをあけて、久しぶりにあらわれた男に挨拶する。

「槙原《まきはら》さん、お久しぶり」

「やあ、瞬太君。元気だった？」

がっしりした体格の大男は、気さくな笑顔で話しかけてきた。祥明の幼なじみである、槙原秀行《ひでゆき》だ。この寒いのに、着古した紺のジージャンにジーパンという、あいかわらずの漢《おとこ》らしいファッションである。

「元気だよ。また何かあったの？」

「ちょっとね」

　槙原は苦笑いをうかべて頭をかいた。

　親切で面倒見のいい男なのだが、自分の周囲で何か手にあまるトラブルがおこるたびに陰陽屋にやってくるのだ。おかげで瞬太ともすっかり顔なじみである。

「ヨシアキはいるかな？」

　槙原は祥明を本名でよぶ。

「うん、いるよ。中へどうぞ」

　瞬太は槙原をテーブル席へ案内すると、店内を見まわした。さっきまでいたはずの祥明の姿が見えないのだ。どうやら休憩室にひっこんでしまったらしい。

「祥明、槙原さんだよ」

「別に用はないから、帰っていいって言っとけ」

　面倒臭そうな声がかえってくる。

「そう邪険にするなよ。今日は客だぞ」

槙原は自分で買ってきた缶コーヒーをあけた。瞬太にも缶ジュースを一本くれる。

「まったく図々しいな」

やっと祥明が几帳《きちょう》のかげからでてきた。

「ほら、おまえの分」

槙原は缶コーヒーを祥明にわたす。

「おまえが缶コーヒーを買ってくる時はろくなことがない気がするんだが」

ぶつぶつ文句を言いながらも、祥明はプルトップをひいた。

「で、何があった？　またまた妹の倫子《みちこ》ちゃんが実家に帰ってきたっていうんじゃないだろうな」

「倫子のところは例のマンションから引っ越して以来、落ち着いてるよ。今日は倫子のところじゃなくて、うちの家のことなんだ」

「ほう」

祥明は眉をひそめた。国立《くにたち》にある槙原家は安倍《あべ》家のお隣なのである。

「ちょっとした怪異現象って言うか……」

「怪異現象？」

「これ、うちの庭の隅に埋められてたんだけど」

　槙原はかばんから、タオルでくるまれた包みを取りだした。タオルの中からでてきたのは、古いぬいぐるみと小さな手鏡と果物ナイフで、どれも泥で汚れている。

「三日前がぬいぐるみ、一昨日《おととい》が手鏡、昨日が果物ナイフ。どれもうちの庭の隅に埋められてたんだ」

「ふーん」

「ガラクタばっかりだし、父さんは子供のいたずらだって言うんだけど、なんだか気味悪いだろ？」

「犬じゃないの？　うちのジロもたまに食べ物やおもちゃを埋めるよ」

　瞬太の意見に、槙原は、ああ、と、うなずいた。

「なるほど、犬か。それは思いつかなかった」

　槙原が気の抜けたような顔になった時、祥明がボソッとつぶやいた。

「呪詛《じゅそ》かもしれないな」

「えっ⁉」

　瞬太と槙原は同時に驚きの声をあげる。

「人を呪《のろ》う方法として、直接相手に念を込める方法、式神《しきがみ》を送る方法、それから、呪《じゅ》具《ぐ》を使う方法があるんだが、この鏡や刃物というのはいかにも思わせぶりじゃないか。昔は土器なんかも使ったようだが」

「昔って？」

「関白藤原《かんぱくふじわらの》道長《みちなが》の話だから、平安だな。当時、絶大な権力を誇っていた道長は、毎日、白い犬をつれてとある寺にお参りするのを日課にしていたんだ」

ところがある日、犬が道長の邪魔をして進ませないようにする。道長は不審に思い、安倍晴明《あべのせいめい》をよんで占わせた。すると、呪詛するものが道に埋められているのを犬が察知して止めたのだ、もしその上を通っていたら危険なところだった、という結果がでた。

そこで道を掘らせてみたところ、黄色いこよりで十文字にからげた土器を二つにあわせたものがでてきた。土器の中には何もない。

「ただ、呪詛を表す一文字が土器の底に朱砂《しゅさ》を用いて書かれていた。『宇治《うじ》拾《しゅう》遺《い》物語』にのっている話だ」

瞬太はぞっとして、ブルッと耳をふるわせた。ちょっとした怪談である。

「それ……本当に作り話じゃなくて実話なのか？」

「千年も前のことだし確かめようもないが、まあ、当時は呪ったり呪われたりが日常茶飯事だった時代だからな」

「実は晴明の自作自演ってことはないのかな？」

　槙原は半信半疑である。

「ちゃんと犯人はつかまったらしい。呪詛の実行犯が蘆屋《あしや》道満《どうまん》という陰陽師《おんみようじ》で、依頼したのは左大臣《さだいじん》藤原顕光《あきみつ》。この左大臣はかなり道長を恨んでいたらしくて、死んだ後も怨霊《おんりよう》になって道長を祟《たた》ったらしいぞ。ついたあだ名は悪霊左府《さふ》」

「そういうプチトリビアはいいから」

「まあとにかく、道具を埋めるっていうのは、千年前にはすでにメジャーな呪い方だったということだ」

「う、うーむ」

　祥明の説明に、槙原の顔はかるく蒼ざめている。

「呪詛とまではいかないまでも、嫌がらせくらいは覚悟した方がいいんじゃないか？そもそも槙原家には子供も犬もいないだろ？」

「うちにはいないが、近所にはそれなりにいるし……」

「そうか。じゃあまあ近所の子供か犬だな」

祥明はあっさりとうなずいた。「じゃあ帰れば」と言わんばかりである。

「……ヨシアキ、おまえ、冷たいぞ」

槙原はすがるような目で祥明に言う。

「呪われる心当たりは？　最近おまえが柔道の試合で派手に投げ飛ばした相手とかいるんじゃないの？」

「うーん、ないこともないかな……」

「おじいさんの稽古《けいこ》が厳しくて子供を泣かせたりしてるとか？」

「ないような……あるような……」

槙原は困り顔で頭をかいた。

「家族で誰か具合の悪くなった人はいるのか？」

「祖父が虫歯で、祖母が風邪で、父が腰痛なんだが……。母は何もないかな？　あ、一昨日の朝、買ったばかりの老眼鏡を自分で踏んで壊したって落ち込んでたか」

「微妙な線だな」

どれもこれも、別に呪われていなくても普通にかかりそうな病気や、おきそうなアクシデントである。

「おまえ自身は何ともないのか？」

「そういえば、先週、バイト先の女の子に告白したけど、けんもほろろだった。あれ、呪いのせいだったのか！」

「異状なし、呪詛は考えすぎだったな」

「えー」

槙原は不服そうな声をあげる。

「だっておまえ、生まれてこのかた彼女がいたことなんてないじゃないか。ああ、生まれた時から呪われてるっていう見方もできるが」

「うるさい。余計なお世話だ」

槙原は祥明の顔に両手をのばして口をふさごうとするが、祥明がひらいた扇にはばまれてしまう。

「それで、どうやったら呪詛かいたずらか見分けられるんだ？」

「誰が埋めているのか、張り込んでつきとめるしかないな。本当に犬か子供のしわざだったら、当然、呪詛じゃない」

「張り込むって、一晩中か!?」

そんな無茶な、と、槙原は泣きそうな顔をする。

「がんばれ」

祥明はにっこり笑って、幼なじみをつきはなした。

三

一週間後、再び槙原が陰陽屋にやってきた。もう十一月も終わりに近いが、今日もジージャンにジーパンだ。

「やあ、瞬太君。ヨシアキはいるかな?」

「いるよ。中へどうぞ」

「ありがとう」

槙原は勝手に奥のテーブル席につくと、深々とため息をついた。

「張り込みはどうだった? 犯人はわかったのか?」

祥明の質問に、槙原は頭を左右にふる。

「張り込みは失敗だった。午前二時すぎには眠くなっちゃって、起きていられないんだ……。昼間はコンビニでバイトしてるし、バイトがない日は柔道の稽古をしてるから、どうしても睡魔《すいま》に勝てなくて」

学校で居眠りをせずにはいられない瞬太とまるで同じである。

「で、朝、母さんに起こされて、しまったたって思って庭の隅にかけつけると、何かしら小物が埋めてあるんだよ。ちなみに今朝は人形だった」

「どうしても起きていられないのなら、防犯カメラでもつけてみたらどうだ？」

「それはおれも考えた。でもネットで調べてみたら、夜間も使える赤外線機能つきのカメラはけっこう高いんだよ」

槙原は頭をかかえてうめいた。

「おれが槙原さんちに行って、一緒に張り込みしようか？　二人だったら起きてられるんじゃないかな」

睡魔の手強さを誰よりもよく知っている瞬太が申し出た。槙原の苦悩が、とてもひとごととは思えなかったのだ。

それに、槙原にはこれまでも、祥明の祖父への伝言を頼んだり、何かと世話になっているから、たまには役に立って恩を返したいというのもある。

「本当か⁉　瞬太君」

槙原は嬉しそうな顔で瞬太の手を握ろうとした。

だが、瞬太の提案をあっさりと却下した。

「一晩中起きているなんて子供には無理だ」

「もう高校生だから平気だよ」

ムッとして瞬太は頰《ほお》をふくらませる。

「いつも学校で居眠りばかりしているくせに」

祥明はとじた扇の先で、瞬太の頰をつついた。

「あ、あれは昼だからだよ。夜は大丈夫だって」

「どうだかな」

祥明は疑り深そうな目で瞬太を見下ろす。

「平気だよ。キツネは夜行性だから。夜目もきくし、耳も鼻も使えば絶対に犯人を捕まえられるよ！」

「瞬太君、まるで本物の狐みたいなこと言うんだね」

槙原に目をしばたたかれて、瞬太ははっとした。しまった、口をすべらせてしまった。本物だとばれてしまっただろうか!?

「いつも気分は本物の式神でいろって言ってあるからな」

「なるほど、さすが陰陽屋だね」

人のいい槙原は、あっさり祥明に言いくるめられた。

「そ、そう、気分はいつも本物のキツネだからね。まあ、とにかく、だから、大丈夫だよ、うん」

「おれは何があっても手伝いに行かないぞ」

祥明は顔の前で扇をひらく。

「わかってるよ。槙原さんと二人でがんばるから大丈夫さ！」

「ありがとう、瞬太君！」

「何があっても知らないからな」

瞬太は自信満々で、祥明の反対をおしきった。

祥明の次に難色をしめしたのは、母のみどりだった。グリル鍋の鶏の水炊きの周囲に気まずい雰囲気がただよう。吾郎《ごろう》もちょっと難しそうな顔をしている。

「徹夜の張り込み？　店長さんも一緒なの？」

水炊きはいい感じでグツグツ煮えているのに、みどりはちっとも取り分けてくれそうにない。

「ううん、祥明は来ないよ。あいつは徹夜で張り込みなんて面倒臭いことは嫌なんだろ。でも、槙原さんが一緒だから平気だよ」

瞬太は、これまで槙原にはいろいろ助けてもらっていること、睡魔との戦いの大変さは自分が一番よく知っているから見過ごせないことなどを、一所懸命説明した。

「だから恩返しに行きたいんだよ」

「瞬太の気持ちはわかったけど……。でも夜はかなり冷え込むし、外で張り込みなんかしたら、風邪をひくんじゃないの？　もうすぐ十二月よ」

「それも大丈夫。二階から庭を見渡せるから、部屋の中でいいんだって」

「うーん、それなら大丈夫かもしれないわね。でもやっぱり心配だから、母さんがついて行こうかしら」

「絶対にやめて！　バイト先に母親がついてくるなんてありえないから！」

「えー……」

みどりは心配でたまらないようだ。

「まあまあ、母さん。瞬太がそこまで言うのなら、一人で行かせてみてもいいんじゃないか？　ただし、土曜日の夜だけだぞ。徹夜の張り込みをして、次の日、学校で居眠りなんかしたら目もあてられないからな」

「わかった。ありがとう、父さん」

それでもまだ心配そうなみどりを吾郎がなだめてくれ、なんとか張り込みを許してもらった。

「ところで、実は父さんからも話があるんだが」

「何かあったの？」

「さっき家に帰る途中、王子駅のホームで、会っちゃったんだ……」

「誰に？」

「只野先生に……」

吾郎の話を聞きながらも、瞬太の目と鼻は鍋にくぎづけである。

「ああ、只野先生もJRを使ってるのか。でもそれがどうかしたの？」

「父さん、仕事帰りだって、一目で先生にばれちゃって……」

「えっ!?」

瞬太とみどりは驚きの声をあげた。すまん、と、吾郎は頭をさげる。

「スーツ着てネクタイしめてたからね。就職先決まられたんですか、おめでとうございます、って先生に言われた」

「それで父さんは何て答えたの？」

「ありがとうございますって答えたよ。だってスーツにネクタイなのに、ちょっと池《いけ》袋《ぶくろ》まで買い物に行っただけですよ、とか、しらじらしすぎだろう？」

「そ、そうだね」

「陰陽屋のアルバイト許可、取り消しになっちゃうかもしれない」

「ど……どうしよう……」

「どうしようね……」

三人は暗い顔で、一緒にため息をついた。

四

翌日、瞬太は自分から職員室に出頭した。呼び出される前に行った方が印象がいい、と、みどりと吾郎に言われたからだ。

「先生、うちの父さん、アルバイト先が決まったんだ」

「アルバイトに行ってるんですか？」

クリーム色のシャツの上から理科教師用の白衣をはおった只野先生は、けげんそうな顔で首をかしげた。

「うん。知り合いの人がひらいた事務所の手伝い。だから、正社員として入社したわけじゃないんだ」

吾郎たちが考えてくれた言い訳をそのまま瞬太は力説する。

「……なるほど」

「だから、給料もあんまり高くなくて、おれがバイトを続けて生活費を稼《かせ》がなきゃいけないんだ。いいよね？」

「でも沢崎君はあいかわらず授業中寝てますよね？　学業に支障をきたしているようにしか見えませんが。あと十日ほどで期末試験ですよ。ちゃんと勉強してるんですか？」

きまじめな只野先生から、予想通りの指摘をうけた。

「まえも言ったけど、バイトと居眠りは関係ないから。小学生の時から居眠りしまくってたし」

「沢崎君……」

反省のかけらもない、いつもの瞬太のひらき直った論法に、只野先生はため息をつく。

「わかりました。ではこうしましょう。十二月一日、つまり明日から、期末試験前日の十二月十日までの十日間、授業中居眠りせずに起きていられたら、アルバイトの継続を認めます。ちゃんと授業を聞いていれば自然にテスト結果にも反映されるはずですし、一石二鳥でしょう？」

「うっ……」

予想をはるかに上回る難題に、瞬太は絶句した。

その日の夕方、瞬太はしょんぼりと肩をおとして、陰陽屋のドアをあけた。

「祥明、おれがここに来るのは今日で最後かもしれない」

「は？」

瞬太が事情を説明すると、祥明は呆《あき》れ顔で扇をひろげた。

「明日から十日間か……」

「どう考えても無理だろ？　十日間どころか、明日一日だって耐えられないに決まってる」

「目の下にわさびでもぬったらどうだ？」

「無茶言うなよ」

瞬太は顔をしかめた。嗅覚《きゅうかく》が鋭いだけに拷問である。

「それから、満腹になったら眠くなるから、当然昼は抜きだな」

「それも無理」

瞬太はふるふると頭を横にふった。他人事《ひとごと》だと思って無茶を言うにもほどがある。

「ふむ……。たまにはあいつらに役に立ってもらうか」

「へ？」

意味がわからず瞬太が首をかしげると、祥明は意味ありげな笑みをうかべた。


十二月になって最初の朝。

イチョウの落ち葉を踏みながら登校した瞬太を待ち構えていたのは、高坂と江本と岡島だった。教室に一歩足を踏み入れた途端、がしっと両側から腕をつかまれる。

「沢崎、いくぞ！」

「え？」

いきなりこめかみに湿布をはられ、頬にわさびをぬられ、口からコーヒーを流しこまれた。

「うぐぐ、な、何を」

「はがすな！」

湿布をはがそうとした手を江本に押さえつけられる。

「悪いね。昨日、店長さんからメールが届いて、文化祭の時の貸しをかえせ、キツネ君が居眠りをしないよう十日間監督してくれって頼まれたんだよ」

高坂が申し訳なさそうに説明した。新聞同好会は祥明に、文化祭のために手相占いの特訓をしてもらったという借りがあるのである。

「委員長、いつからあいつの手先になったんだ!? あいつは悪のイカサマ大王だぞ!?」

「手先ってわけじゃないけど、利害の一致っていうところかな」

キツネ君が陰陽屋にいたほうが君も何かと都合がいいだろう、と、メールに書いてあったのだという。祥明のやつ、なんて卑怯《ひきょう》な。

「でも君だって、陰陽屋のアルバイトは続けたいんだろう?」

「それはそうだけど……湿布とわさびのとりあわせはあんまりだよ。ダブルで鼻がツンツンして、おかしくなりそうだ……」

「すぐに慣れるさ」

「とてもそうは思えないんだけど……」

「十日間の辛抱《しんぼう》だよ。といっても、幸い、日曜日が二回入ってるから、実質八日間だし、なんとかなるって。しかもその八日間のうち、二日は土曜日だよ。よかったじゃないか」

ない。

「そう、なの、かな……？」

高坂に言われるとそんな気もするが、臭《にお》いが気になって、何がなんだかよくわから
「そうそう。絶対に湿布をはがすなよ。おれたちが見張ってるからな」

「がんばれ」

岡島と江本がニカッと笑う。

「そ、そんな〜〜〜」

こうして瞬太の受難がはじまったのであった。


休み時間に瞬太のそばを通りかかった三井は目を丸くした。

「沢崎君、どうしたの、その顔？」

「うっ」

三井に尋ねられ、瞬太は真っ赤になる。湿布をはがしてわさびをふきとりたい衝動にかられるが、目ざとい江本がささっとかけつけてきた。

「沢崎は大変なんだよ。もし居眠りをしたらバイトの許可を取り消しにするって只野

先生に言われて、今、睡魔と戦ってるんだ」

　江本はさりげなく瞬太の右手を押さえる。

「えっ、沢崎君、陰陽屋さんをやめちゃうかもしれないの？」

「そうなるかもしれない……」

　瞬太は暗い顔でうなずいた。自分が十日間起きていられるとはとても思えない。

「じゃあ陰陽屋さんで新しいバイトを募集するのかな？」

「さあ。ひょっとしたらするかも？」

「あたし応募しちゃおうかな。掃除とお茶くみができればいいんだよね？」

　なぜか三井は目をきらきらさせている。

　そうだ、三井は陰陽屋でバイトをしたいって、まえも言っていたんだった。

「み、三井……やっぱり……？」

「え？」

　三井と瞬太の話を聞きつけて、女子たちがわらわらと集まってきた。

「えー、あたしも応募する！　店長さんって彼女いないよね？」

「いないけど……」

女子たちから、きゃーっ、やったー、などの歓声があがる。

「店員だったら当然、無料で占ってもらえるんでしょ？」

「え、さあ？」

「うわ、絶対応募しないと」

「あたしも一度猫耳と尻尾《しっぽ》をつけてみたかったんだよね」

「いや、キツネ……」

「もう募集始まってるの!?」

「まだだよ。それにうちの高校ではアルバイトは原則禁止だから、だめなんじゃないかな。そもそも下手に祥明に占ってもらったりしたら、バイト代から天引きされちゃうかもしれないよ？　って、みんな聞いてる？」

瞬太の話はきれいさっぱり無視され、女子たちは陰陽屋のアルバイト話で盛り上がっている。

「ああ、もう、どうしたらいいんだ」

瞬太は湿布とわさびの臭いのする頭をかかえた。

授業が終わった後、瞬太はふらふらしながら陰陽屋へたどりついた。

休憩室のベッドで漫画を読んでいる祥明に、うらみがましい視線をむける。

「おやキツネ君、まだアルバイト許可が取り消されていないということは、今日は起きていられたようだな」

「……委員長たちに見張りを頼むなんて卑怯だぞ……」

「おまえだってアルバイトの許可を取り消されたら困るだろう？」

「そりゃそうなんだけどさ。うう……寝不足と自分の顔に残った湿布の臭いとでくらくらする……」

「湿布？」

祥明はおきあがって、すっきりと高い鼻を瞬太の頭に近づけた。

「たしかに臭うな。一体何があったんだ？」

「委員長たちが、おれが居眠りしないようにって、湿布をはったりわさびをぬったりしたんだよ！」

瞬太が訴えると、祥明は腹をかかえて笑いだした。

「やるな、あいつら」

「笑いごとじゃないよ。キツネは鼻が人間よりずっと発達してるんだから、めちゃめちゃ臭《くさ》いんだよ！　鼻まがっちゃうよ！」

「鼻にティッシュでもつめておいたらどうだ？」

「嫌だよ、そんな格好悪い」

これ以上変な顔を三井に見られるくらいなら、学校をやめた方がましである。

「まあ十日だけの辛抱だ。がんばれ」

「うう……」

「そういえば今日は土曜だが、そんな調子で秀行の徹夜張り込みにつきあえるのか？」

「あっ、今日だっけ」

アルバイト許可のことで頭がいっぱいで、すっかり槙原家の呪詛疑惑のことを忘れていた。

「状況がかわったんだし、やめてもいいんだぞ？」

「行くよ。夜になれば眠気はとれると思うし、いざとなったら槙原さんと交代で寝かせてもらうから大丈夫」

「ふーん。まあ、好きにしろ」

祥明は肩をすくめた。

五

夜十一時頃。

瞬太は約束通り、国立の閑静な住宅街にある槙原の家を訪れた。

隣の安倍邸に本整理の手伝いで来た時に、外から見てはいたのだが、中に足をふみいれるのは初めてである。門をくぐってみると、あらためて槙原邸の広さにびっくりした。沢崎邸の二倍、いや三倍はありそうだ。何せ敷地の中に柔道場があるのだ。

「こんな夜遅くに、遠いところをわざわざすまないね」

槙原は申し訳なさそうに頭をさげた。

「本当はうちの家族で張り込みをできるとよかったんだけど、うちの両親も祖父母も典型的な朝型でさ。夜十時に寝て、朝六時に起きるんだよ。だから夜の見張りなんて全然できなくて、今夜ももうみんな寝ちゃってるんだ」

「六時起きかぁ。さすが柔道一家は健康的だね」

「うーん、ご先祖さまは代々農家だったっていうから、その血筋じゃないかと思うんだけど」

「槙原さんも朝型なの？」

「おれは週に二回はコンビニの夜勤が入るから、けっこう不規則だよ。瞬太君は夜型なの？」

「うん。朝起きるのはものすごく苦手なんだ。教室に着いてからまた寝直しちゃうんだけど。こういうのも二度寝にはいるのかな？」

「珍しい二度寝だね」

槙原は愉快そうに笑う。

本当は今日の午前中は江本たちのおかげで寝られなかったし、午後も陰陽屋のバイトで起きていたから、じわっと眠いのだが、夜はキツネの活動時間なのでなんとかなるだろう。

「すぐ二階に行って張り込みを開始する？　それとも一応、庭を確認しておく？　今朝埋められてたペンチはもう掘り出しちゃったけど」

「ペンチが埋められてたの？」

思わず瞬太は問い返した。

「うん。最初はナイフとか人形とか、ちょっと怖そうな物が埋められてたんだけど、最近では、ペンチとか筆ペンとか、わけのわからないものばっかりだよ。やっぱり子供のいたずらなのかな」

「そっかあ。まあ犯人を取り押さえればはっきりするよ」

「そうだね」

「じゃあ一応、現場を見に行ってもいい？」

「うん。こっちだよ」

二人は懐中電灯の丸い光をたよりに、門から左の方にまっすぐすすみ、植木をかきわけたりのりこえたりして庭の隅までたどりついた。

「ここに毎日、何か埋めてあるんだよ」

「ふーん」

瞬太は庭の隅にしゃがみこんだ。

そう言われてみれば、掘り返したあとがあるような気もするが、よくわからない。たまたま午前中雨が降ったせいもあって、地面はまんべんなく濡れている。

槙原がスコップで地面を軽く掘ってみるが、何もでてこなかった。

「今日はまだだな」

「そうだね」

瞬太は地面に顔をよせ、土を確認するふりをしてニオイを嗅《か》いでみた。犯人の体臭や、シャンプーや香水などの匂いがあたりに残っているのではないか、と、期待していたのだが、雨に洗い流されてしまったせいか、濃い緑と土の匂いに負けてしまっているのか、それらしいニオイを嗅ぎわけることはできなかった。

強いていえば、ちょっと離れたところに植えてある白い山茶花《さざんか》から、ほのかな香りがただよっているくらいだ。

もしかしたら今日からはじまった湿布わさび攻撃のせいで、鼻が弱っているのかもしれない。

「とりあえず犬や猫のニオイはしないね」

「えっ、瞬太君、そんなのわかるの？」

槙原に尋ねられてドキリとする。そうか、普通の人間にはマーキングの臭《にお》いがわからないのか。

「いや、ええと、フンとか埋められてたらわかるかなーと思っただけで、なかったね、全然」

瞬太は慌てて言い訳をした。

「ああ、フンは臭いよね」

槙原は、うんうん、と、うなずいた。どうやらうまくごまかせたようで、ほっとする。

「でもさ、ここって、その気になれば誰でも入れるんじゃないの？」

槙原家は周囲にぐるりと生け垣をめぐらせてある。常緑樹だが枝の先だけきれいな赤い葉がつく、東京では定番のアカメの生け垣だが、高さは一メートル半ほどしかなく、目隠しの役にすらたっていない。入り口の門柱は高さ二メートル以上の立派なものだが、そもそも門扉がついていないので、犬も人間も入りたい放題である。

「問題はそこなんだよ」

槙原はため息をついた。

「夜は暗いし、しかもみんな寝ているから簡単に庭に入り込める。昼は昼で、明るくて人目もあるけど、知らない人を見かけても、道場の見学かな、とか、子供の保護者が送り迎えに来たのかな、くらいにしか思わないから、やっぱり誰でも入りたい放題なんだよ……」

「困ったね……」

「うん。それでもう、かれこれ一週間以上、ガラクタを埋められまくりさ……」

「あー……」

二人はしみじみとため息をついた。

「まあでも、今夜、捕まえちゃえばいいんだよ！」

「そうだよな」

「よし！　張り込みがんばるぞー！」

鼻息もあらく二人はこぶしを夜空につきあげた。


翌朝。

「秀行、朝ごはんできたわよ。あら、こっちの男の子は？」

瞬太は見知らぬ女の人の声で起こされた。

「う……？」

「あれっ、母さん……って、もう朝!?　いつのまに!?」

二人仲良く、二階の窓際で眠りこんでしまったのであった。

六

十二月三日、月曜日。

「おはよう……」

瞬太がねぼけ顔で教室に着くと、早速、湿布とわさびの洗礼をうけた。

「うう……」

そこまでは瞬太も覚悟していたのだが、今日はそれだけではすまなかった。なんとメンソレータムまで投入されたのである。

「うをっ、鼻がシーシーする」

「がんばれ沢崎！」

「何があっても寝るなよ！」

「う？」

よく見ると、新聞同好会の三人だけではない。クラス中の男子たちが瞬太を取り囲んでいる。

「なんでみんなが……？」

「聞いたぞ、沢崎。おまえの後釜《あとがま》を狙って女子たちが大騒ぎしているらしいじゃないか。絶対に眠気に負けるな！　陰陽屋のバイトの座を死守するんだ！」

「あ……ありがとう。クラスのみんながおれのことをそんなに心配してくれるなんて……。おれ、がんばるよ」

瞬太が決意表明をすると、男子たちから喝采《かっさい》がおこる。

高坂が何か言いたそうな苦笑いをしたのがちょっと気になったのだが、その時、先生が教室に入ってきて、ホームルームがはじまってしまった。

しかしクラスの半分が協力してくれるのはありがたいのだが、顔からいろんな変な臭いがするのにはまいった。

メンソレータムまではまだわかるとして、酢やマスタードをぬりつけたやつまでいる。顔がシーシーしたりヒリヒリしたり、滅茶苦茶だ。

それでもうたた寝をしそうになった瞬間、隣の席から定規で顔をつつかれ、後ろの席から椅子の脚を蹴られるのである。

後ろからまわってきた「沢崎へ」と書かれた紙包みをあけてみたら、コショウが入っていたこともあった。あけた途端クシャミがとまらなくなったので、眠気はとれたといえばとれたが、かなり授業の邪魔になったと思う。

お腹いっぱい食べたら絶対に眠くなるから、という理由で、昼もサラダしか食べさせてもらえない。

「もうだめ、おれ鼻とか腹とか限界かも……」

瞬太は食堂のテーブルにつっぷした。

「やっぱりおれ、もうギブアップしようかな……」

今にも眠ってしまいそうな瞬太の耳もとで、江本がささやいた。

「狐の行列、三井と店長さんが一緒に歩くことになってもいいのか？」

瞬太はびっくりしてはね起きる。

「どういう意味!?」

「おまえが陰陽屋をやめることになったら、三井もアルバイトに応募したいって言ってたよな」

「うん。言ってた」

そういえばあの時、江本もいたんだった。

「三井が陰陽屋のアルバイトに採用されたら、当然、狐の行列は、店長さんと並んで歩くことになるんじゃないか？」

「…………！」

瞬太は驚愕《きょうがく》のあまり絶句した。

江本の言う通りだ。

岡島と高坂も、うんうん、とうなずいている。

「それでもギブアップするのか？」

「がんばる……」

瞬太は涙目で言うしかなかったのであった。


十二月八日、土曜日。

がんばり続けて八日目の体育の授業中、とうとう瞬太はバタリと倒れた。

男子生徒の一人が、ものすごく強力な臭いのする薬品を瞬太の鼻の頭にぬったせいだ。後でわかったのだが、それは、今治水《こんじすい》という、虫歯の痛み止めだった。

「どうした沢崎!?」

先生がかけよってきた。

「臭い……眠い……頭がぐるぐるする……」

瞬太はつぶやくと、次の瞬間、体育館のワックス臭い床につっぷした。

どのくらい時間がたったのだろう。

瞬太が保健室で目覚めると、吾郎とみどりが心配そうな顔でのぞきこんでいた。

「あれ、父さんと母さん？　どうしたの？」

壁にかかっている時計を見たら、四時近かった。体育の授業が三時間目だから、ずいぶん長いこと寝ていたことになる。

「学校で瞬太が倒れたっていう連絡をもらって、急いで来たんだよ」

土曜日なので、吾郎は家で料理でもしていたのだろう。服から燻製《くんせい》のいい匂いがする。

「瞬ちゃん、大丈夫？　保健の先生はただ寝ているだけだって言ってたけど、どこか痛いとこはない？」

「うん、久しぶりによく寝てすっきりした」

瞬太は身体《からだ》をおこすと、大きく両手をのばしてあくびをする。

「授業中に倒れるなんて、本当はちゃんと精密検査を受けた方がいいんだろうけど、そうもいかないし……」

みどりは心配そうに瞬太の額に手をあてた。キツネ体質がばれると困るので、病院で検査は受けられないのだ。

「全然大丈夫だから。でも居眠り禁止は八日しかもたなかったから、いよいよバイト許可は取り消しだな……」

「事情をよく説明して、店長さんに謝るしかないわね」

「陰陽屋をやめるのはちょっと……」

せっせと応援してくれたクラスの男子たちのためにも、陰陽屋のアルバイト式神は続けたい。それに何より、三井が陰陽屋で働くのを阻止したいというのもある。

「そうだ、高校をやめるってどうかな？」

「絶対だめ！」

予想通り、即座に却下された。

「瞬ちゃんに高校をやめさせるくらいなら、母さんが病院をやめます。そうすれば、今まで通り、生活費のためのアルバイトっていうことで認めてもらえるはずよ」

「看護師長が急にやめたら病院にも患者さんたちにも大変な迷惑をかけることになるから、父さんが主夫にもどった方がいいと思うんだ」

「父さん⁉」

自分がやめると言い張る沢崎家の三人。話が堂々めぐりに突入しそうになった時、パンパン、と、手をうつ音にさえぎられた。

「はいはい、もうすっかり元気になったみたいだから、帰っていいわよ。続きはおうちで相談してくださいね」

ついたてのすきまから、保健の先生が瞬太を見おろしていた。手には瞬太のかばんをさげている。何かと気のきく高坂あたりが持ってきてくれたのだろう。

「す、すみません、病室でうるさくして」

みどりが慌《あわ》てて立ちあがり、頭をさげた。もちろん病室ではなく保健室なのだが、自分では言い間違いに気づいていないようだ。不意を突かれて、かなり動揺しているのだろう。

「ええと、只野先生にご挨拶をして帰りたいんですが、職員室でしょうか？」

同じく頭をさげながら吾郎が尋ねる。

「只野先生は今日は学年会議だから、まだ一時間以上はかかります。沢崎君が回復したことは私の方から伝えておきますからご心配なく」

「恐縮です」

吾郎は瞬太のかばんを受け取りながら、ふたたび頭をさげた。

保健室を追い出された三人は、まずは陰陽屋へ行くことにした。アルバイト許可の取り消しは、まだ正式には言い渡されていないが、十日間居眠り禁止の条件をクリアできなかったことを報告しないわけにはいかない。

「おーい、祥明」

「こんにちは」

「お邪魔します」

黒いドアをあけ、三人で薄暗い店内にむかって声をかけると、几帳のかげから祥明があらわれた。

「おや、みどりさんと吾郎さんがそろっておいでになるとは珍しいですね。いらっしゃいませ」

「あのさ、祥明、実は……」

「寝ちゃったんだろう？　メガネ少年からメールをもらったよ」

「そっか、委員長が」

瞬太は困り顔で、頭をかいた。

「それで、アルバイトの許可は取り消されたんだな？」

「たぶん、月曜にはそうなると思う」

瞬太はこくりとうなずいた。

「おれは高校をやめてもいいって言ったんだけど……」

「いいえ、あたしが病院をやめますから」

「私が仕事をやめますよ」

すかさず二人が声をあげた。保健室での混迷再びである。

「父さんと母さんがこの調子で、おれ、高校をやめさせてもらえそうにないんだ。一体どうしたらいいのか、わからないよ……」

「やれやれ」

祥明は軽く肩をすくめた。

「親が仕事をやめてまでキツネ君を働かせるなんて、過保護なんだか児童虐待《ぎゃくたい》なんだかわけがわかりませんね」

「でも、瞬太の正体を黙っていてもらうかわりにここで働くっていう約束ですし……」

みどりが困りはてた顔でうつむく。

「母さん……」

瞬太も困り顔で、何か言おうとしたが、何も言えなかった。

本当はもう、自分の正体は飛鳥高校の生徒たちの間ではかなり知れ渡っているし、黙っていてもらうのと引き替えに働く必要はほとんどないのだ。しかし、そんなことを言ったらみどりが卒倒しそうだから内緒にしておこう。

むしろ三井が陰陽屋のアルバイトとして採用されるのを防ぐためにこそ自分は居座っていたかったし、クラスの男子たちの応援にもこたえたかった。

だが、只野先生との約束をはたせなかった以上、もう、あきらめるしかない。

「そんな約束、もう気にしないでいいですよ……なんて言うほど私はお人好しではありません。妖狐《ようこ》の式神がいなくなるとうちにとっても大打撃ですから、まだまだ働いてもらわないと困ります」

「そうですよね……」

「というわけで、陰陽屋の式神をやめるのではなく、二年間休むというのでどうですか？」

「えっ!?」

　沢崎家の三人は驚いて顔を見合わせた。

「でも、おれがいないと陰陽屋は大打撃なんだろう？　二年も休んだりして大丈夫なのか？」

「うん。二年間掃除をしないというわけにはいかないから、週に一度、秀行でもよびつけるとするか。あと、お茶をだすのはもうやめるしかないな。サービス低下だが、秀行には似合わないから仕方がない」

「大打撃って……掃除とお茶くみだけ……？」

「何より大変なことだからな」

　祥明は顔をしかめた。祥明にとっては、本気で大打撃なのだろう。たぶん。

　そういえば祥明の祖父も書斎の床に本を積みまくっていたし、掃除が嫌いな家系なのかもしれない。

「アルバイトの募集はしないの？」

瞬太はおそるおそる尋ねた。

「二年間限定なのに、わざわざ面接とか、そんな面倒臭いことはしない。そもそも化けギツネじゃないアルバイトをわざわざ雇う余裕もないし」

「そ、そうだよな」

この時ばかりは、祥明が面倒臭がりでよかった、と、瞬太は心の底からほっとする。

「じゃあ高校在学中はアルバイトを休ませてもらっていいんですね？　本当に何てお礼を言っていいのか……」

みどりが感激で目をうるうるさせながら祥明に頭をさげた。

「正直、沢崎家三人の命運をキツネ君のバイト代が左右すると言われても困りますから。そこまで面倒はみられません」

「祥明、おまえ、そんな余計なことさえぶっちゃけなければ、いい人で通るのに。実は頭悪いんじゃないのか？」

「これ、瞬太！」

急いで吾郎が瞬太の口をふさぐ。

「今さらキツネ君にいい人だなんて思われても何の得にもならないから、いいんだよ」

祥明は、フン、と、肩をすくめた。

「ただし二年しか待たないからな。たとえ留年して卒業がのびても、二年たったら、陰陽屋には復帰してもらうぞ」

「ありがとう！」

三人は祥明に深々と頭をさげた。

「では今夜は国立には行けなくなったということで、先方に伝えておきますね」

「今夜？　あ、今日は土曜か」

先週のリベンジで、今夜も槙原の張り込みにつきあう約束をしていたのだった。

「大丈夫、行けるよ。今日は学校で熟睡したから、間違いなく徹夜できる」

「だめ！　また倒れたらどうするの」

みどりの眉根がきゅっとよせられる。

「平気だって。それにこれが、おれにとって、二年間の休みに入る前の最後の仕事になるから、ちゃんと終わらせておきたいんだ」

「瞬太の気持ちはわかるけど」

「頼むよ、母さん。槙原さんには今までもいろいろ手伝ってもらったから、たまにはおれが役に立ちたいんだ」

「でも、倒れたらあちらにもご迷惑をおかけすることになるのよ？」

さすがに今回は、みどりも簡単にひきさがらない。

「もし万一、倒れても、どうせまたグーグー寝るだけだから、どうってことないよ」

「瞬ちゃん……」

「瞬太……」

「キツネ君……」

呆れ顔の三人を前に、瞬太は、へへへ、と、頭をかいた。

七

凍《い》てつく冬空に明るい立待月《たちまちづき》がうかぶ深夜。

瞬太は再び、槙原家をおとずれた。今日も槙原の両親と祖父母は眠ってしまったようで、静まりかえっている。

「今夜は大丈夫だよ。コーヒーがぶ飲みして来たから！」

まずはコーヒーをがぶ飲みしろ、というのは、ここ一週間で友人たちからたたきこまれた基本である。

「おれもだ。二人で朝までがんばろうぜ！」

二人はうなずきあう。

「あのさ、槙原さん。先週は二人で黙って庭を見てたのがよくなかったと思うんだよ。眠くならないように、ゲームでもやってみない？　対戦型のゲームなんか、かなりいい目覚ましになるんじゃないかな？」

二階への階段をあがりながら、瞬太は槙原に提案した。

「それはおれも考えた。でも二人でゲームの画面見てたら、庭に誰か忍び込んできても気づかないだろうし、見張りにならないんだよ」

「それもそうか……」

「とはいえ、見張りに集中しようとすればするほど、眠くなるんだよね」

「うん。おれ、先週なんか、いつ自分が眠ったのかも気づかなかった」

槙原の言葉に、瞬太はしょんぼりとうなずく。

「まああれだ。ここは古典的にしりとりでもしようか」

「ああ、しりとりか。久しぶりだな」

瞬太は窓ガラスごしに暗い庭を確認した。今のところ犬一匹たりとももぐりこんではいないようだ。

「じゃあ、おれからいくよ。りんご」

「ゴリラ」

「ラッパ」

快調にはじまったしりとりだったが、二十分ほどで行き詰まってしまった。

「バニラ」

「ラ……うーん、また、ラかぁ。ランプはさっき言っちゃったし、ラ、ラ、ラ……」

「瞬太君？」

「…………」

「瞬太君、起きてる？」

「う？」

槙原につつかれて、瞬太はハッとした。どうやら一瞬、居眠りしていたようだ。

「お、起きてるよ。ちょっとラではじまる言葉を探していただけで」

危なかった。考え事をしていたら眠くなる体質のせいで、あやうくまた寝込んでしまうところだった。昼間たっぷり寝たからといって、油断大敵である。

「で、見つかった？」

槙原の問いに、瞬太は頭を左右にふった。

「だめ、降参。槙原さん、ラリルレロが多いんだもん」

「そりゃそうだよ。ラ行で攻めるのはしりとりの基本だし」

「えっ、そうなの!?」

「そうだよ。ああ、瞬太君は一人っ子なんだっけ？　兄弟がいないと、しりとりはやらないかな？　うちは車ででかける時とか、よく妹とやったけど」

「そういえばおれ、しりとりってあんまりやったことないかも。親とやっても全然勝てないからつまらないし、友達と遊ぶ時はゲームとかサッカーが多かったから」

そもそも瞬太は今も昔も、頭を使うゲーム全般が苦手なのである。

「ヨシアキも最初は弱かったんだけどさ、うっかりラ行を攻めるんだって教えたら、あいつ、底意地が悪いから、そりゃもう徹底してラ行で終わる言葉しか言わなくなっちゃってさ」

「勝てなくなっちゃったの？」

「そうなんだよ」

槙原はいまいましそうにうなずく。

「もともとあいつの方が日本語が達者だからなぁ」

「口が悪くて口がうまいよね」

その後しばらくは、祥明の話、それも半分以上は悪口で盛り上がった。おかげでかなり目がさめたようだ。

「きっと今頃クシャミしてるぞ」

槙原はちらりと腕時計を確認した。

「おっ、寒いと思ったら。もう二時か！　夜が明けるまであと四時間ちょいだな」

槙原はエアコンの電源を入れながら言った。

「エアコン入れたら眠くならないかな？」

瞬太は心配そうに尋ねる。何せ今回はもう後がない、崖っぷちの仕事なのだ。

「うーん、眠くならないように、立って見張るっていうのはどうだろう？」

「あっ、それいいかも」

二人はおもむろに立ち上がると、窓の外をながめた。

「やっぱり冬は星がきれいだね」

「うん……」

うなずいたきり、槙原は沈黙している。

「……槙原さん、今、立ったまま寝てなかった？」

「おお？　立ったままでも意外に眠れるもんだな。眠気がさめるまで、しばらくエアコンきるね」

「うん」

「冬っていえば、オリオン座だよな」

「へー……」

オリオン座。うん、名前は聞いたことがある。有名な星座だ。

でもこの星の中のどれがオリオンだかよくわからない。

それにしても窓際は一段と冷えるなぁ……

夜空を見あげながら瞬太が吐いた息は、うっすら白かった。

八

「瞬太君、起きてる?」

「はっ」

気づいたら、槙原に肩をゆすられていた。

本当だ。人間、いざとなったら立ったままでも眠れるらしい。

「だめだ、寒いと、寒さ専門の眠気が……」

「寝るな、寝たら死ぬぞ!」

「うう……」

こんなことなら、湿布とわさびを用意してくるんだった。槙原家にも湿布とわさびくらいあるだろうか。だが最近では、すっかり鼻が慣れてしまって、最初の頃ほどツンツンしなくなっているからあまり効き目は期待できない。

「そうだ、身体を動かしながら見張ってみよう。温まるし、一石二鳥だぞ」

「いいね。何やる？　ラジオ体操はジャンプがあるから一階で寝てる家族の人たちに迷惑だよね？」

「うーん、腹筋や腕立てふせだと静かにやれるんだけど、庭を見下ろせなくなっちゃうしなぁ。そうだ。スクワットにしよう。あれなら音もたたないし」

槙原のアイデアで、二人ならんで、ヒンズースクワットをしながら張り込みを続行することになった。

たしかに眠気は消えてきた気もするが、とにかく筋肉がつらい。いくらゆっくりやっているとはいえ、そんなに何十回もスクワットをしたことがないし、足も、腹も、背中も、腕も、全部の筋肉が痛い。

「槙原さん、おれ、もう、だめかも……」

瞬太は息も絶えだえである。

「瞬太君、しっかりしろ。今二時半だから、夜明けまであと三時間半だ」

さすがに長年柔道で鍛《きた》えているだけあって、槙原は力強くリズミカルな動きをキープしている。

「あと、三時間半も、スクワット、やったら、死んじゃうよ」

「いや、あと三時間半やるのは張り込みだ。スクワットを三時間半もやるのはおれも無理だし」

「もうおれやめていい？　脚がつりそうなんだけど」

かかとを浮かせるのはとっくにやめているし、膝《ひざ》も浅くしか折れなくなってきた。

「寝ない自信はあるか？」

「う、うーん……たぶん……」

あるような、ないような。

寒さ専門の眠気はふっとんだが、今度は疲れ専門の眠気におそわれそうだ。

「犯人は、何時くらいに、来るのかな？」

瞬太はもうろうとしながら尋ねた。

「そんなのわからないよ。捕まえたことも目撃したこともないんだから」

「でも、夜明け前には、来るよね？」

「そう願いたいね。もし子供のいたずらだったら、早朝かもしれないけど……」

「えーっ」

瞬太は情けない声をあげた。

腹の筋肉がプルプルふるえている。脚もつりそうだ。

もうこの際、大人でも子供でも犬でも猫でもいたずらでも呪いでも嫌がらせでも何でもいいから、とにかく早く来てくれー！

「あっ！」

瞬太は声をあげ、窓ガラスにはりついた。

「どうした？」

「今、何か庭で動いた！」

「気のせいじゃなくて？」

槙原も窓ガラスにはりついて、庭に目をこらしている。

「気のせいかもしれないけど、ちょっと見てくる」

瞬太はよろよろしながらも、一所懸命急いで庭にむかった。後ろから槙原もついてくる。

「犯人に気づかれたら逃げられちゃうから、音を立てないでね」

瞬太は槙原に念をおすと、庭木をよけながらすすみはじめた。夜目がきくので、月あかりだけでも大丈夫だ。スクワットで疲労困憊《ひろうこんぱい》していなければもっと軽々とかけぬけることができたのだが。

槙原は全然視界がきかないのだろう。瞬太のかなり後方を、手探りでそろりそろりとついてきている。

カサッ。

庭の隅から音が聞こえた。

間違いない、何かいる!

瞬太は低い庭木をかきわけ、一気に庭の隅にむかって突進した。

「!?」

相手もこちらの足音に気づいたのだろう。急に立ち上がった。犬でも子供でもない。人間の大人だ。

「逃がさないぞ!」

瞬太は地面を蹴って、ひらりと跳躍した。久々のキツネジャンプだ。背後から相手にとびつく。

「やった!」

犯人の腕をつかんだ瞬間。

「捕まえたわよ、ヨシアキ！」

なぜか瞬太は上半身をぎゅっと抱きよせられていた。かなりの力だ。痛い上に苦しい。

「うぐっ」

瞬太はもがいて、相手の腕をふりほどこうとするが、すごい力でぎゅうぎゅう締めつけられて、全然逃げだせない。

一体なぜ自分が取り押さえられているんだろう。

これじゃどっちが犯人かわからない。

それにしても、今、ヨシアキとか言っていなかったか？

しかも聞き覚えのある女の人の声だったような……？

「もう逃がさないわよー」

ま、まさかこの声は……!?

「うぐぐぐ」

「大丈夫か、瞬太君!?」

やっと追いついてきた槙原が、懐中電灯で犯人を照らした。

「あっ⁉」

三人が同時に叫ぶ。

「お隣のおばさん⁉」

「祥明のお母さん⁉」

「キツネの子⁉」

なんと瞬太を押さえつけていたのは、祥明の母の優貴子《ゆきこ》だったのである。

ということは、優貴子が隣家を呪っていたのだろうか。

まさかとは思うが、ばさばさに振り乱した長い髪が月あかりに照らされて、いかにもな雰囲気だ。

「あの……祥明のお母さんが、夜な夜な……？」

「そうよ」

優貴子はにやりと不敵な笑みをうかべてみせた。

「それよりヨシアキはどこなの？　あなたがいるってことは、ヨシアキだって来てるんでしょ？」

瞬太は頭の両側をがしっと優貴子につかまれた。おそろしい形相《ぎょうそう》で間近にせまられ、ヘビににらまれたカエル状態である。優貴子は祥明に似た美人なのだが、いや、だからこそ、かなり怖い。

「祥明は来てないよ。今頃、陰陽屋の自分のベッドでぐーすか寝てるよ」

　瞬太はおどおどと答えた。

「何ですってー！」

　優貴子に両耳をつかまれ、ぐいぐいとゆさぶられる。これでは文化祭の時の二の舞だ。

「いたたたた」

「何のために、あたしが夜な夜な槙原さんちに呪具を埋めてたと思ってるのよ！」

「し、知らないよ。耳はなしてよー」

「絶対に秀行君に泣きつかれたヨシアキが来ると思ったからこそ、寒い中、がんばったのに！　キツネになんか用はないのよ！　なんで来たのよ、バカバカバカ！」

「そんなこと言われても……」

　槙原家の庭にガラクタが埋まっていたのは、子供のイタズラでも、犬の習性でも、ましてや呪詛でもなく、祥明をおびきよせるための罠《わな》だったのである。

寒さや眠気と戦いながらスクワットまでして張り込んだ結果が罵倒《ばとう》の嵐だなんて、あんまりだ。

「いたたたた。助けて、槙原さーん！」

「助けたいのはやまやまだけど、お隣のおばさんを投げ飛ばすわけには……。助けを呼んでくるから、ちょっと待ってて」

そう言い置くと、槙原はくるりと瞬太に背をむけ、いなくなってしまった。

「ま……槙原さん!?」

「こうなったら仕方ないわね。キツネを人質《ひとじち》にとって、ヨシアキが来るのを待つしかないかしら」

「ええっ!?　祥明がおれを助けになんて来るわけないから勘弁してよ」

「きっと来るわ。世にも珍しい化けギツネなんだから。とりあえず秀行君が戻ってくる前に移動するわよ。来なさい！」

瞬太はずるずるとひきずられていく。

「ちょ、どこへ行く気だよ!?」

「うるさいわね！　黙って一緒に来なさい」

耳をぎゅっとひっぱられる。

「いたたたた、いくらひっぱられても耳はのびないからやめてよ！」

瞬太はなんとか優貴子の手をふりほどこうと焦った。足さえ元気だったら、キツネキックとキツネジャンプで逃げ出せたのに。

優貴子は瞬太を抱えたままレンガ塀をのりこえようとした。まるでどこぞの怪盗だ。この塀のむこうは安倍家の敷地なのだろう。それとも意表をついて、裏側の家だったりするのだろうか。だがもちろん、いくら身軽とはいえジタバタあばれる瞬太を連れて、そうやすやすと塀をこえることはできない。

「おとなしくしないと耳を両方ひっぱるわよ！」

「うぎゃっ。だ、誰か助けてー！」

瞬太と優貴子がもみあっていると、懐中電灯のあかりが数人の足音とともに戻ってきた。

「このへんに……あれ、瞬太君!?」

槙原の声だ。

「こっちだよ、レンガ塀の方！」

「大丈夫かね、瞬太君」

槙原の後をついてきたのは、祥明の祖父で、学者の柊一郎《しゅういちろう》だった。もう一人の上品な紳士は、同じく学者で祥明の父の憲顕《のりあき》だろう。パジャマの上から長いガウンをはおっている。真夜中だし、二人とも眠っていたところを槙原にたたき起こされたようだ。それにしては随分《ずいぶん》かけつけてくるのが早かったが。

「大丈夫じゃないよ、じいちゃん、助けてー」

瞬太は手を振って助けを求める。

「優貴子、いいかげんにしなさい」

「嫌よ！」

「嫌じゃないだろう……。警察をよばれても文句を言えないところだぞ」

呆れはてた表情で憲顕が優貴子の右腕をとった。逆側を柊一郎がつかみ、瞬太を解放する。

瞬太は大急ぎでぴょんと後ろにとびすさると、槙原の背中のかげにかくれた。

優貴子はつかまった野良猫のようにシャーシャーいっている。

「秀行君、迷惑をかけてすまなかったね」

憲顕は丁寧に頭をさげた。

「もし万一、秀行君がうちにかけこんでくることがあれば、夜中だろうと夜明けだろうと、いちいち事情をきいたりせずに指示にしたがってくれ、と、ヨシアキから頼まれた時には一体何がおこっているのかといぶかったものだが、まさかこんなことになっていたとは夢にも思わなかったよ」

「ええと、まあ、ははは……」

さすがの槙原も、このくらいどうってことないですよ、とは言えなかったらしく、とりあえず笑ってごまかした。

「キツネ君、じゃなくて、瞬太君も災難だったね」

「うん」

「電車が動きだす時間までしばらくあるから、うちで寝ていくかい？」

「何ですって!?」

夫の言葉に、優貴子は目をつりあげた。

「あなたもやっぱりキツネの子が珍しくて仕方ないんでしょ!?」

自分だって瞬太を自宅に拉致《らち》しようとしたくせに、夫が誘うのは気に入らないらしい。

「そうだな、そうするといい。優貴子は部屋に閉じ込めておくから安心していいよ」

「お父さんまで！」

プンスカする優貴子のことなど完全に無視して、二人の学者たちはにこにこしながら瞬太を誘う。

こんな状況なのに、妖孤といろいろ話したくてうずうずしているようだ。

「えーと……」

瞬太は返答をためらった。今から駅に行っても寒いだけだし、どこかで時間をつぶさないといけないのは確実だが、優貴子のおかげで、あんなに眠かったのが嘘のようにすっかり目がさめてしまった。それにほんの短時間とはいえ、何をしでかすかまったく予想のつかない優貴子と同じ屋根の下にいるのは怖い。

「ありがとう。でも全然眠くないし、ファミレスにでも行くよ。槇原さん、一番近いファミレスの場所教えてくれる？」

「ああ、ファミレスまで送るよ」

学者たちは槇原にうらやましそうな視線をちらりと送ったが、今日のところはひきさがることにしたらしい。残念そうな顔でうなずいた。

「じゃあ瞬太君、また今度ゆっくり」

「うん、またね。おやすみ」

「さあ、優貴子、帰るぞ」

「うー……」

優貴子は不満そうなうなり声をあげたが、両脇を夫と父にかためられ、しぶしぶ帰っていったのであった。


朝七時ごろ。

すっかり明るくなった王子に瞬太が帰り着くと、家の前を両親と犬のジロがうろうろしていた。

「あのさ、まさかずっと……」

「あら、瞬ちゃん、お帰りなさい。母さんね、ちょうど今からジロの散歩に行こうとしていたところなのよ」

うふふ、と、わざとらしい笑い声をたてると、みどりはジロのリードをひっぱって歩きだした。間違いない。きっと何時間も家の前をうろうろしていたのだ。ジロはいい迷惑だったことだろう。

「無事に解決できたのか？」

吾郎の問いに、瞬太はあいまいな笑みをうかべた。

「うーん、まあ、なんとかね」

無事とは言いがたかったが、槙原家にガラクタが埋められることは二度とないだろう。

「そうか。よかったな」

「ありがとう。おれ、めっちゃ眠くなってきたから寝るね」

「ああ、ゆっくり寝るといい。おやすみ」

「おやすみ」

瞬太はふらふらしながら二階にある自分の部屋へあがっていった。

九

みどりに起こされたのは、月曜の朝だった。どうやら二十五時間ばかりこんこんと眠り続けていたらしい。

いくら昼寝好きの瞬太でも、せっかくの日曜日がふきとんでしまったのは悲しかったが、もはや後のまつりである。

教室にたどりつくと、いつもの朝にもどっていた。アルバイト許可取り消しが確定した今となっては、コーヒーを飲まされることもなければ、顔に湿布をはられることもない。陰陽屋でアルバイトの補充をしないことをまだ知らない女の子たちがうきうきしている。

「おはよう」

「お……おはよう」

気のせいか、三井の笑顔がいつにもましてまぶしい。後光がさしているんじゃないかと思うくらいだ。

「沢崎君、土曜日は大丈夫だった？」

「うん。夕方まで保健室で寝たらすっきりした」

「迎えに来てたご両親、すごく心配してたよ」

「えっ……な、なんでそれを？」

しまった、見られたんだ。

「かばん、教室に置きっぱなしだったから、保健室に持って行ったんだ」

「ありがとう……」

「元気になってよかったね」

にこりと笑うと、三井は自分の席に行ってしまった。

瞬太はくらくらしながら席につく。

保健室までかばんを持ってきてくれたのは、三井だったのか。過保護な両親のせいで、きっとまた三井に寂しい思いをさせたに違いない。

きっと三井は、例の、祥明お手製の勇気がでるお守りとやらを心の支えにしたんだ。

また祥明に一歩リードされた気がして、瞬太はしょんぼりする。

自分にも、何か三井にしてあげられることがあるといいのに。

何かひとつくらいはあるんじゃないだろうか。

例えば……？

だめだ、考えごとをしていると睡魔がじわっと……。

じわっと……。

「沢崎、起きろ、沢崎」

肩をゆすって瞬太を起こしてくれたのは高坂だった。江本と岡島もいる。

「う？　あれ、おれ、寝てた？」

「もう昼休みだよ」

「えっ」

瞬太はびっくりして教室を見まわした。十人ほどの生徒がお弁当やパンを机の上にひろげている。あとはみんな、食堂に行ったのだろう。

食べ物の匂いをかいだせいで、自分が空腹であることに突然気づいた。

「おれたちも食堂に行こうか」

「その前に、沢崎は職員室に行かないと。只野先生が昼休みに来るようにって言ってたよ。君は寝てたみたいだけど」

「そっかあ。アルバイト許可取り消しの話かな？」

「かもしれないね」

「あんなにがんばったのにおしかったな」

江本がポンポンと肩をたたいてなぐさめてくれた。

「ちょっと行ってくるから、みんな先に食べてて」

瞬太は寝癖頭《ねぐせあたま》のまま、職員室の扉をあけた。

「沢崎君、先週はよくがんばって起きていましたね」

珍しく先生にほめられて、瞬太はびっくりした。なれないことなので、どう反応していいかわからない。

「えっと、おれががんばったっていうよりは、クラスのみんなのおかげかな」

照れくさそうに明るい茶色の頭をかく。

「湿布にわさびにマスタードでしたっけ？　大変でしたね」

「うん、まあ、かなり……」

「土曜日に他の先生たちとも協議をした結果、君のその努力を認めて、アルバイトを継続してもいいということになりました」

「えっ、本当に!?」

「本当です。まさか君が倒れるまでがんばるとは予想していませんでしたよ」

「いや、えっと、へへへ」

「他の先生がたからも、沢崎君は気の毒なくらいがんばってるから、睡眠障害は大目に見てやってはどうかという口添えがありました」

「えっ、本当に!?　ありがとう！」

瞬太は周囲の教師たちにぺこりと頭をさげた。

「いやー、だって、一年二組の教室、臭かったからねぇ。寒くて窓をあけないから、臭いがこもったんだろうけど」

「両隣の教室にまで異臭がただよってましたよね」

教師たちはみな、苦笑いをうかべている。クラスメイトたちは臭いに慣れてしまって全然気にしていなかったが、教師たちにはかなりきつかったようだ。

「そ、そうだったんだ……ゴメン」

「それに何より」

只野先生は両手をあわせ、鼻をはさむと、渋い表情をする。

「もし陰陽屋さんでアルバイトの新規募集がかかったりしたら、女子たちの間でどんなすさまじい争いがおこるか想像がつかないところがありましたからね……」

只野先生はしみじみとため息をついた。

十

その日の夕方。

瞬太が陰陽屋に行くと、いつものように祥明は休憩室で本を読んでいた。

「おい、祥明！　おまえにききたいことがある」

瞬太はわざと足音をたてながら、ベッドわきまで歩みよる。

「なんだ？」

「土曜の夜に槙原さんちに行ったんだよ、そしたら……」

祥明は面倒臭そうに、その話か、という顔をすると、本をとじて、身体をおこした。

「ことの顚末《てんまつ》は秀行から聞いた。だから行くなって止めたのに、おまえの自己責任だ」

祥明は白い狩衣《かりぎぬ》の肩をすくめる。

「おまえ、あらかじめお父さんに電話しておいたんだってな」

「祖父と違って父は携帯を持っているからね」

「もしかして……おまえ、自分で呪詛だなんだって槙原さんを不安にさせたくせに、実は庭にいろいろ埋めてるのがお母さんだって気がついてたのか!?」

「そうじゃないといいが、と、心の底から祈ってはいたんだが」

　祥明は顔の前で扇をひらいた。

「この卑怯者ー!」

「今度から人の忠告はちゃんと聞くことだな」

「くぅ」

　瞬太は怒りまくったが、祥明は涼しい顔である。

「もういいよ。時間の無駄だった!」

　頬をふくらませながら、ロッカーをあけて、制服から童水干《わらべすいかん》に着替えはじめる。

「おや、キツネ君、もう忘れたのか?　おまえは今日から二年間休みだぞ」

「それがさ、只野先生がバイトを続けていいって。びっくりだろ?」

「ふーん、やっぱりそうなったのか」

とっておきの朗報だったのに、祥明はたいして驚いていないようだ。

「驚かないのか？」

「どちらかというと呆れてるよ。高校受験の時といい、最初にアルバイト許可を特別にだしてもらった時といい、結局はうまくおさまるんだな」

「こういうの、努力のたまものって言うんだろ？　おれっていつもよくがんばってるよね」

「えっ、自分ではそう思ってるのか？」

なぜか今度は眉を片方つりあげて、驚いた顔をした。

「なんだよ、ただ運がいいって言いたいのか!?」

「さあな」

祥明は口もとを扇で隠して、にっこりと笑った。


夜八時すぎ、庭先で出迎えてくれたジロの頭をなでて、瞬太は玄関の戸をあけた。

台所からおいしそうな匂いがただよってくる。今日はタラの鍋のようだ。

タラを頬張りながらアルバイト許可の話をすると、祥明と違い、吾郎はかなり驚いてくれた。

「えっ、あの融通《ゆうずう》のきかない只野先生が、アルバイトを続けていいって言ってくれたのか？」

「うん。びっくりだろ？」

「今度こそ許可は取り消しだと思ってたよ」

「母さんは、アルバイト許可は近々またおりるにちがいないって思ってたわ。昨日の朝も、ジロと一緒にお稲荷さまにお参りして、よくよくお願いしておいたもの」

　みどりは「ほらごらん」と言わんばかりである。

「やっぱり瞬太にはお稲荷さまのご加護がついているのかな」

　しみじみと吾郎が言う。

「実はさ、父さん、また失業しちゃったんだ」

「えっ⁉」

「北島さん、急に事務所たたむことになったんだ。奥さんのお父さんがやっているリゾートホテルを手伝うことになったって……。ほら、例のお勤めをしたことのない奥さんが、不安定な自営業暮らしに耐えられなくて、実家に泣きついたみたいなんだよ。

まさかこんなに早く失業保険生活に戻ることになろうとはなぁ」

ははははは、と、吾郎は頭をかいた。

「それって、お稲荷さまのはからいなの……？」

「さあ、どうなんだろうな。まあとりあえず、またしばらくの間は家事に専念するよ」

失業が決まったわりには、そろそろ冷燻《れいくん》にも挑戦してみたいと思ってたんだ、と、なんだか吾郎は楽しそうである。

「でもさ、お稲荷さまだって、何もかもできるわけじゃないだろう？」

瞬太の問いに、みどりは顔をくもらせた。

「そうねぇ。いくらお願いしても、絶対にきいてくれないことが一つあるみたいね。かれこれ十年近くお願いしてることなんだけど……」

「十年？　何をそんなに長いことお願いしてるの？」

聞いた後で、瞬太はしまった、と、後悔した。みどりの顔が思いっきり暗くなったのだ。

もしかしたら、ちっとも見つからない瞬太の実の親のことかもしれない。

「あの、母さん……」

「聞きたい？」

「えっと、いや、話したくなければ別に……」

みどりは意を決したように口をひらいた。

「瞬太の成績！」

「ああ……」

なんだそんなことか、と、瞬太は拍子ぬけした。

だがみどりは真剣そのものらしく、「あがる気配すらないのよね」と、深々とため息をつく。

「そういえば、もうすぐ期末試験じゃないの？」

「え？　あ……。しまった、明日からだー！」

「瞬ちゃん⁉」

「瞬太⁉」

沢崎家の夜はその日もにぎやかにふけていったのであった。

参考文献

『現代・陰陽師入門　プロが教える陰陽道』（高橋圭也／著　朝日ソノラマ発行）
『安倍晴明　謎の大陰陽師とその占術』（藤巻一保／著　学習研究社発行）
『陰陽師列伝　日本史の闇の血脈』（志村有弘／著　学習研究社発行）
『陰陽師』（荒俣宏／著　集英社発行）
『陰陽道奥義　安倍晴明「式盤」占い』（田口真堂／著　二見書房発行）
『野ギツネを追って』（D・マクドナルド／著　池田啓／訳　平凡社発行）
『狐狸学入門　キツネとタヌキはなぜ人を化かす？』（今泉忠明／著　講談社発行）

ポプラ文庫ピュアフル11月の新刊

大島真寿美
『空はきんいろ』

周囲から「変わり者」と思われている小学生のアリサとニシダくんが過ごす一年間。本年度本屋大賞三位に輝いた『ピエタ』の著者が贈る、小さな冒険と交流の物語。

折原みと
『乙女の初恋』

選ばれた者だけが通えるといわれる、鎌倉の全寮制高校『桜の宮女学院』に入学して一年。春の訪れとともにやってきた、ほろ苦く甘い、風子の初恋の行方とは？

越水利江子
『忍剣花百姫伝（四）
決戦、逢魔の城』

時空の扉を開いた花百姫は、十年前、魔王が八剣城に襲いかかる、まさにその時に降り立った。姫は、八忍剣の力を結集し、運命を変えることができるのか!?

小松エメル
『一鬼夜行　枯れずの鬼灯』

今度は永遠の命を授けるという「枯れずの鬼灯」争奪戦!?『この時代小説がすごい！　文庫書き下ろし版2012』堂々の第二位に選ばれた大人気シリーズ第四弾！

よろず占《うらな》い処《どころ》 陰陽屋《おんみようや》アルバイト募集《ぼしゆう》

天野頌子《あまのしようこ》

2012年9月5日初版発行
2013年9月14日9刷発行

発行者……………坂井宏先

発行所……………株式会社ポプラ社

〒160-8565 東京都新宿区大京町22-1

電話………………03-3357-2212(営業)
03-3357-2305(編集)
0120-666-553(お客様相談室)

ファックス………03-3359-2359(ご注文)

振替………………00140-3-149271

フォーマットデザイン 荻窪裕司(bee's knees)

組版 株式会社鷗来堂

印刷・製本 凸版印刷株式会社

乱丁・落丁本は送料小社負担でお取り替えいたします。
ご面倒でも小社お客様相談室宛にご連絡ください。
受付時間は、月~金曜日、9時~17時です(ただし祝祭日は除く)。

ポプラ文庫ピュアフル

ホームページ http://www.poplarbeech.com/pureful/

N.D.C.913/286p/15cm
ISBN978-4-591-13080-3